REBIRTH ACE 리버스 에이스

WISHBOOKS MODERN FANTASY STORY

한승현 장편소설

11

메이저리그로

Wish Books

CONTENTS

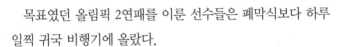

1

목표였던 올림픽 2연패를 이룬 선수들은 폐막식보다 하루 일찍 귀국 비행기에 올랐다.

마음 같아서는 도쿄 여행이라도 하며 우승의 기쁨을 거창하게 누리고 싶었지만 시즌이 곧 재개되는 터라 그럴 여유가 없었다.

대부분의 선수는 해단식 이후 곧바로 소속팀에 합류해 훈련을 시작했다.

하지만 한정훈은 개별적으로 일주일간의 휴식에 들어갔다.

결승전에서 연장 10회까지 던진 한정훈을 배려해 스톰즈 구단에서 특별 관리에 들어간 것이다.

"한정훈 선수가 일주일을 쉬면 스톰즈의 선발 로테이션이 완전히 꼬일 텐데요."

"지나치게 오랜 휴식이 선수에게 독이 될 수도 있다는 사실을 구단에서 간과하고 있다는 생각도 듭니다."

전문가들은 한정훈의 등판 일정을 미루는 건 득보다 실이 더 많아 보인다고 지적했다.

서부 리그 1위를 달리고 있다고 해서 스톰즈가 여유를 부릴 상황은 아니라는 것이다.

실제 올림픽 브레이크 직전 다이노스가 5연승을 거두며 스톰즈를 3경기 차이로 바짝 추격한 상태였다.

게다가 올림픽 브레이크 이후 곧바로 다이노스와의 원정 4연전이 잡혀 있었다.

홈에서 강한 다이노스가 4연전을 쓸어 담을 경우, 단숨에 1, 2위가 뒤바뀔 수도 있었다.

그러나 로이스터 감독은 한정훈을 무리시키지 않겠다는 뜻을 명확하게 밝혔다.

아울러 나머지 선수들과 힘을 합쳐 1위를 지켜낼 것이라고 자신했다.

결과적으로 전문가의 예상과 로이스터 감독의 호언장담 모두 현실이 되었다.

스톰즈가 다이노스를 상대로 3연패를 당한 뒤 마지막 4차전 때 테너 제이슨이 설욕투를 펼치며 다시 1경기 차이로 1위 자리를 탈환한 것이다.

한정훈이 복귀하기 전까지 스톰즈와 다이노스는 승패를 함께 하며 1경기 차이를 유지했다.

하지만 한정훈이 건강한 모습으로 복귀하면서 다이노스 팬들이 바라던 역전 우승의 꿈은 점점 멀어져만 갔다.

8월 18일 타이거즈전 9이닝 1피안타 1사사구 무실점.

8월 23일 히어로즈전 8이닝 2피안타 무실점.

8월 29일 베어스전 9이닝 2피안타 무실점.

9월 3일 라이온즈전 9이닝 1피안타 1사사구 무실점.

9월 8일 와이번스전 8이닝 2피안타 무실점.

9월 13일 자이언츠전 8이닝 1피안타 1사사구 무실점.

9월 18일 다이노스전 9이닝 2피안타 무실점.

9월 23일 트윈스전 9이닝 1피안타 무실점.

9월 29일 위즈전 8이닝 무피안타 1사사구 무실점.

복귀 이후 치른 9경기에서 한정훈은 단 한 점도 내주지 않는 염전 피칭을 펼쳤다.

올림픽 때 선보였던 최고 구속 165㎞/h의 포심 패스트볼과 J-스플리터를 앞세운 한정훈의 공격적인 피칭에 국내 타자들의 방망이는 허무하게 허공을 가르기 바빴다.

그 결과 올림픽 브레이크 이전 0.65였던 평균 자책점이 0.47까지 떨어졌다.

한정훈의 복귀 전까지만 해도 작년에 세웠던 평균 자책점 (0.59) 갱신은 불가능할 거라던 전망이 우세했는데 9경기 무실점 행진을 통해 기적을 만들어낸 것이다.

└한정훈 진짜 해도 너무하네. 어떻게 안타 하나를 안 내주냐?

└이건 솔까 양학 아니냐? 스타즈하고 꼴지 싸움하는 위즈한테 미안하지도 않냐?

└너무하긴 뭘 너무해? 막판에 심판 덕에 사사구 하나 얻어먹었으면 됐잖아?

└맞아. 그것만 아니었어도 오늘 퍼펙트게임 달성각이었다.

└근데 솔직히 요즘 한정훈 경기 별로 재미없지 않냐?

└2222 확실히 그런 느낌이 없지 않지.

└333 신계에 있어야 할 놈이 인간계에서 설치는 느낌이랄까.

└솔직히 말해서 한정훈 공을 어떻게 치냐? 165㎞/h가 옆집 개 이름도 아니고.

└진짜 다른 건 몰라도 평균 자책점은 작년 못 넘을 거라

고 생각했는데 순식간에 작년 기록 갈아치우는 거 보고 소름
돋았다.

　ㄴ한정훈은 인간이 아냐. 진짜 무슨 혼자만 영화 찍는 줄.

　해가 거듭될수록 완벽해지는 한정훈에 야구팬들도 하나같
이 혀를 내둘렀다.

　작년 이맘때만 해도 한정훈의 MVP 2연패 논쟁이 뜨거웠
는데 올해는 아예 이견의 여지조차 주지 않고 있었다.

　ㄴ한정훈이 크보에서 할 만한 건 다 하지 않았나?

　ㄴ어지간한 기록들은 다 갈아치웠지. 남은 건 퍼펙트게임
하고 단일 시즌 30승인데 퍼펙트게임은 몰라도 단일 시즌 30
승은 올해 갈아치울 듯.

　스톰즈 구단이 공식적으로 발표한 한정훈의 잔여 등판 경
기는 4경기.

　중간에 휴식일을 하루 줄일 경우 최대 5경기까지 등판이
가능했지만 한정훈의 합류 이후 다이노스를 6경기 차이로 따
돌린 스톰즈 구단에서 그런 무리수를 둘 가능성은 없었다.

　현재까지 단일 시즌 최다 승리 기록은 프로 야구 원년에
세입된 너구리 장영부가 가지고 있었다

　30승.

27승을 거둔 한정훈이 이 기록을 넘어서기 위해서는 남은 4경기에서 전승을 거두어야 했다.

결코 쉽지 않은 일이었지만 올 시즌 출장한 전 경기에서 승리를 챙긴 한정훈이라면 충분히 가능한 상황이었다.

그래서 야구팬들도 단일 시즌 최다승 달성보다 퍼펙트게임 달성 여부에 더 관심을 보였다.

ㄴ한정훈 트윈스전하고 위즈전 진짜 아깝지 않았냐?

ㄴ맞아. 트윈스전에서 진짜 그 바가지 안타 아니었으면 바로 퍼펙트게임이었는데.

ㄴ진짜 트윈스 타자들 전부 방망이 짧게 잡고 날아오는 공 툭툭 건드리기만 하는데, 극혐이더라. 용병들까지 그럴 줄은 몰랐다.

ㄴ위즈전은 어떻고. 경기 막판에 심판이 판정 이상하게 해서 한정훈이 열 받으니까 로이스터 감독이 내린 거잖아. 그때 끝까지 던졌어도 두 번째 노히트노런 달성인데

ㄴ야, 솔직히 그건 한정훈이 꼬장 부린 게 문제지. 심판이 실수로 스트라이크를 볼이라고 했으면 좋게 넘어가면 되잖아? 그거 꼬투리 잡고 계속 같은 코스 던지면 심판 기분이 어떻겠냐?

ㄴ어쨌든 경기가 거듭될수록 점점 기록이 좋아지고 있으니까 남은 네 경기 중에 퍼펙트게임 나올 듯.

야구팬들뿐만 아니라 전문가들조차 퍼펙트게임이라는 대기록이 조만간 달성될 것이라는 데 동의했다.

　언론들도 한정훈이 등판할 때마다 '퍼펙트게임 정조준' 같은 표현을 내세우며 한정훈의 호투를 기원했다.

　하지만 모든 이가 한정훈을 응원하고 지지하는 것은 아니었다.

　특히나 한정훈의 리그 독식에 불만을 가진 이들은 대놓고 안티 팬으로 활동하기도 했다.

　그중에서도 버블한이라는 닉네임을 가진 안티 팬은 한정훈과 관련된 모든 글에 빠지지 않고 출몰하는 열성을 보였다.

　ㄴ한정훈이 퍼펙트? 지나가는 개가 웃겠다. 한정훈이 퍼펙트 못 한다는 데 내 손모가지와 버블한 계정을 건다.

　ㄴ위즈전 볼질에서 나온 게 한정훈의 인성이지. 어디 3년 차 투수가 하늘같은 구심한테 엉기냐? 구심이 똥을 된장이라고 하면 된장이요 하는 거지, 건방진 쉐키.

　ㄴ바가지 안타는 안타 아니냐? 그렇게 따지면 경기당 한두 개씩 나오는 야수들의 호수비는 운 아니냐?

　ㄴ솔직히 말해서 타자들이 한정훈이다 하면 지레 겁을 먹고 소극적으로 나서는 게 문제다, 한정훈이 잘해서 결과가 좋은 게 아냐.

└한정훈 매번 보면 패스트볼 위주로만 던지는데 그러다 메이저 가면 탈탈 털린다. 메이저 타자들이 패스트볼에 얼마나 강한데?

└한정훈 메이저 가면 평균 자책점 1점대 찍을 거라는 소리는 어디서 나온 근거 없는 개소리냐? 한정훈하고 엇비슷하게 던지는 오타니 쇼헤 데뷔 시즌 평균 자책점이 3점대 중반이다. 한정훈이 잘 던져 봐야 3점대 초반이야.

처음에는 적잖은 야구팬들이 버블한에 관심을 보였다.

나름의 논리와 근거를 가지고 한정훈의 실력을 폄하하는 안티 팬의 등장이 신선했기 때문이다.

하지만 한정훈의 실력이 좋아질수록 버블한의 인기는 시들해져 갔다.

나름 논리적이던 버블한의 안티질이 점점 감정적으로 치달았기 때문이다.

└저 또라이 새끼, 한정훈 까다 콩밥 좀 먹어봐야 정신 차리지.

└너님 신고. 고소장 집에 갈 테니 기다리셈.

└뭔 소리야? 주어 없는 거 안 보이냐?

└댓글란 통틀어 한정훈 까는 건 나뿐인데 몰랐음? ㅋㅋ

└버블한, 적당히 해라. 너 그동안 한정훈 까댄 거 캡쳐

다 해서 스톰즈 구단에 보냈다.

ㄴㅋㅋㅋㅋ 내가 그런 협박만 2년째 받고 있거든? 그런데 스톰즈 구단에서 연락 안 오던데? 그리고 스톰즈는 오히려 좋아해야 하는 거 아니냐? 나 때문에 한정훈 인기가 올라가고 있는데.

ㄴ하아. 진짜 노답이다, 노답.

결국 참다못한 스톰즈 팬들이 정식으로 스톰즈 구단에 항의했다.

틈만 나면 한정훈을 못 잡아먹어서 안달인 버블한과 일부 악성 네티즌을 내버려 두는 건 선수 관리 소홀이라는 것이었다.

"흠…… 이거 아슬아슬한데 법적으로 책임을 물을 수 있겠습니까?"

버블한의 댓글 내용을 확인한 박현수 단장이 법무 담당 팀장을 바라봤다. 그러자 법무 담당 팀장이 씩 웃으며 말했다.

"가끔 인터넷에 나도는 법률 상식만 보고 까부는 애들이 있습니다. 구단에서 마음만 먹으면 충분히 처벌 가능합니다. 이 정도로 콩밥까지 먹진 않겠지만 적어도 자신이 뭘 잘못했는지 정도는 뼈저리게 느끼게 해줄 수 있습니다."

"그래요?"

"하지만 고소를 진행한다 해도 한정훈 선수는 배제하는 편이 좋을 것 같습니다. 선수 이미지도 있지만 한정훈 선수가 끼면 무조건적인 선처를 바랄 테니까요."

"그러니까 아예 구단 차원에서 대응을 하자?"

"네, 이참에 다른 구단과 연계해서 이런 악성 네티즌들을 한 번 소탕하는 것도 나쁘지 않을 거라고 봅니다."

박현수 단장은 즉시 다른 구단에 전화를 넣어 협조를 구했다.

라이온즈와 자이언츠, 타이거즈 등 팬층이 두터운 구단은 대부분 우려 섞인 목소리를 냈다.

반면 역사가 짧은 신생 구단들은 스톰즈가 총대를 메면 함께하겠다며 반겼다.

박현수 단장은 히어로즈, 위즈, 스타즈, 와이번스, 다이노스 등 5개 구단과 함께 경찰서를 찾아가 수사를 의뢰했다.

한 개 구단도 아니고 프로야구 구단 중 절반이 참여한 터라 해당 경찰서에서도 즉각적으로 수사에 착수했다.

그리고 얼마 지나지 않아 버블한이 경찰 조사를 받고 있다는 사실이 인터넷 기사를 통해 전해졌다.

ㄴㅋㅋㅋㅋㅋ 경찰서 안 간다고 그렇게 까불어 대더니 꼬시다.

ㄴ자자, 다들 누군가를 특정할 만한 댓글은 자제하자고요. 열 받아서 고소 드립 칠지도 모르니까.

ㄴ오늘 한정훈 등판 아님? 진짜 오늘 같은 날 한정훈이 퍼펙트게임 달성하면 딱인데.

ㄴ오오! 그거 참신한데?

ㄴ경찰서 국밥 먹으면서 참회의 눈물 가는 거냐!

야구팬들은 한정훈이 퍼펙트게임을 달성한다면 버블한을 제대로 엿 먹일 수 있을 것이라며 입을 모았다.

그런 이야기가 누군가를 통해 전해지기라도 한 듯 한정훈은 스타즈를 상대로 8회까지 단 하나의 안타와 사사구도 내주지 않으며 완벽 피칭을 이어갔다.

-한정훈 선수, 홈팬들의 열렬한 환호를 받으며 9회에도 마운드에 올라옵니다.

-정말 제가 다 입이 탑니다. 저 심장 약해서 이번 이닝은 못 볼 거 같아요.

-하하. 올림픽 결승전도 중계하셨던 강심장 서재훈 해설위원이 아니면 누가 이 경기를 중계하겠습니까?

-그래서 지금 우황청심환 먹고 버티는 중이잖아요.

-말씀드리는 순간 스타즈의 7번 타자 강형일 선수, 타석에 들어섭니다.

앞선 두 타석에서 연속 삼진을 당한 강형일은 독기에 가득 차 있었다.

더욱이 팀이 퍼펙트 위기에 몰린 상황.

선두 타자로서 어떻게든 이 분위기를 깨뜨려야만 했다.

하지만 중계진은 물론이고 경기를 지켜보는 스타즈 팬들조차 강형일이 뭔가를 해낼 것이라는 기대는 하지 않았다.

한정훈, 박기완과 프로 동기인 강형일은 신고 선수로 스타즈에 입단했다.

작년까지 퓨처스 리그에서 경험을 쌓은 뒤 올 시즌 내야백업 선수로 1군에 콜업, 주전 3루수였던 용병의 퇴출과 함께 3루 자리를 꿰차고 있었다.

일부 언론에서는 신고 선수로 1군에 오른 강형일을 두고 제2의 김현우가 될 재목이라며 칭찬을 아끼지 않았다.

같은 신고 선수 출신에 건장한 체격, 그리고 우투좌타라는 점이 김현우와 판박이처럼 보여서였다.

강형일도 1군 콜업 초반 3할 5푼의 맹타를 휘두르며 주변의 기대에 부응했다.

하지만 준수했던 성적은 무더위와 함께 꺾이면서 처참하게 무너지고 말았다.

올 시즌 강형일의 타율은 2할 1푼 3리.

스타즈가 아니라 다른 구단이었다면 주전으로 기용되기 어려운 수준이었다.

게다가 대 한정훈 성적은 더 처참했다.

오늘까지 8타수 무안타. 삼진 6개.

정훈을 상대로 이렇다 할 정타조차 만들어내지 못했다.

단순히 성적만 놓고 보자면 답이 없는 상황이었다. 하지만 스타즈 김시민 감독은 대타를 기용하지 않았다.

아니, 대타를 기용할 수가 없었다.

더그아웃을 아무리 살펴봐도 대타로 내보낼 만한 선수가 없었다.

게다가 오늘 한정훈의 컨디션을 봤을 때 대타를 내보낸다고 해서 결과가 달라질 것 같지도 않았다.

'후회 없이 맘껏 쳐라.'

김시민 감독은 성격대로 강공을 지시했다.

세계로 뻗어 나가려는 자랑스러운 후배가 대기록을 눈앞에 두고 있는데 투수 출신으로서 치졸하게 굴고 싶지는 않았다.

그러나 강형일은 김시민 감독의 사인을 무시해 버렸다.

자신보다 한 살 어린 한정훈이 승승장구하는 꼴은 더 이상 보고 싶지 않았다.

'온다!'

한정훈의 초구가 날아들기가 무섭게 강형일은 몸을 낮추고 기습 번트를 감행했다.

따악!

방망이 끝에 맞은 타구가 3루 라인 쪽으로 굴러갔다. 그사이 강형일은 미친 듯이 1루로 내달렸다.

"젠장할!"

설마하니 강형일이 기습 번트를 시도할 것이라고 예상하지 못했던 최준이 다급히 앞쪽으로 뛰어 들어왔다.

하지만 타구 앞쪽에 도착했을 때는 이미 강형일이 1루에 거의 도달한 상태였다.

"형! 늦었어요!"

마스크를 벗어 던진 박기완이 다급히 소리쳤다.

타자를 1루에서 아웃시키기는 늦었다. 그렇다면 섣불리 공을 잡지 말고 파울이 되길 기다리는 수밖에 없었다.

"나가라! 나가라!"

타구 앞쪽에서 걸음을 늦추며 최준이 간절히 중얼거렸다.

만약 이 타구가 안타가 된다면 평생 한정훈 앞에서 얼굴을 들지 못할 것 같았다.

그때였다.

툭.

3루 라인 선상에 멈춰 설 것처럼 굴던 공이 마지막 순간 코딱지만 한 돌멩이에 걸려 옆쪽으로 흘러나갔다.

최준은 기다렸다는 듯이 선상 밖으로 나가는 공을 집어 들었다.

그 모습을 유심히 바라보던 3루심이 이내 파울을 선언했다.

그러자 김시민 감독이 더그아웃을 박차고 나왔다. 그리고 구심에게 비디오 판독을 요청했다.

　―지금은 왜 비디오 판독을 요청한 걸까요?
　―3루 선상에 붙어 수비하는 최준 선수 때문에 3루심이 바깥쪽으로 나와서 포구 장면을 지켜봤거든요. 각도상 페어인데 3루심의 눈에 파울처럼 보였을 수도 있으니까요. 김시민 감독 입장에서는 충분히 어필할 수 있는 상황입니다.

　서재훈이 침착하게 상황을 설명했다.
　뒤이어 중계 화면으로 다양한 각도에서 촬영한 포구 장면들이 리플레이되었다.
　야구장에 설치된 카메라 중 3루 라인을 비추는 8대의 카메라가 총동원되어 타구를 분석했다.
　그 결과 최준이 공을 잡는 순간 타구가 파울라인을 벗어났다는 점이 확인됐다.
　"파울!"
　비디오 판독을 마친 심판도 같은 의견을 냈다.
　"알겠습니다."
　김시민 감독은 군말 없이 결과를 받아들였다.
　1루에 서 있던 강형일이 억울하다며 펄쩍 뛰었지만 심판의 판정은 번복되지 않았다.

"아우, 진짜 심판들도 전부 저 자식 편이라니까."

타석으로 돌아온 강형일이 불만스럽게 투덜거렸다.

심판들이 한통속이 되어 한정훈의 대기록을 만들어준다는 느낌을 지우기 어려웠다.

그 모습을 지켜보던 박기완도 속이 부글부글 끓어올랐다.

어떻게든 감독과 팬들에게 눈도장을 찍고 싶은 강형일의 속내를 모르지는 않지만 정당한 판정을 짬짜미로 몰아세우는 삐뚤어진 태도만큼은 확실히 고쳐 주고 싶었다.

"형일아, 한가운데다."

박기완이 보란 듯이 미트를 들어 올렸다. 그러자 강형일이 얼굴을 와락 일그러뜨렸다.

'이 개새끼가 지금 뭐라고 지껄이는 거야?'

강형일은 박기완이 자신을 놀리기 위해 거짓말을 한 것이라고 여겼다.

하지만 정말로 한정훈의 손끝을 빠져나온 공은 한복판으로 날아들었다.

'이 새끼들이!'

강형일이 다급히 방망이를 휘돌렸다.

다른 공은 몰라도 한가운데로 들어오는 공을 놓칠 생각은 추호도 없었다.

그러나 강형일의 생각보다 훨씬 빠르게 날아온 공은 채 팔을 펴기도 전에 시야 너머로 사라져 버렸다.

퍼엉!

묵직한 포구음과 함께 강형일의 방망이가 요란스럽게 허공을 갈랐다.

"크아아!"

순간 분노가 치민 강형일이 괴성을 내뱉었다.

그리고 매서운 눈으로 박기완을 노려봤다. 마치 박기완 때문에 공을 놓치기라도 한 것처럼 말이다.

그러나 박기완은 강형일과 눈도 마주쳐 주지 않았다.

대신 나지막한 목소리로 강형일의 속을 벅벅 긁어놓았다.

"넌 줘도 못 먹냐? 다시 하나 던져 줄 테니까 이번에는 놓치지 말고 시원하게 한 방 때려봐. 알았지?"

"크으윽!"

터져 나오려는 욕지거리를 되삼키며 강형일은 빠득 이를 깨물었다.

그러고는 있는 힘껏 방망이를 움켜쥐었다.

'기필코 친다!'

강형일의 매서운 시선이 한정훈에게 날아들었다.

그 순간.

후아앗!

한정훈의 포심 패스트볼이 또다시 한복판으로 날아들었다.

"크아아!"

강형일이 악을 내지르며 방망이를 휘둘렀다.

하지만 이번에도 방망이보다 공이 먼저 홈 플레이트를 스쳐 지나 버렸다.

퍼엉!

묵직한 포구음과 함께 안양 스톰즈 파크가 떠나갈 듯 함성이 터져 나왔다.

"젠장할!"

강형일이 억울하다며 방망이를 내던졌지만 누구도 그를 바라봐 주지 않았다.

심지어 같은 팀원들조차 강형일을 외면해 버렸다.

투지 넘치는 것도 좋지만 저렇게 악에 받친 듯 굴면 남이 잘되는 꼴을 보기 싫어 깽판 치려는 것으로밖에 보이지 않았다.

게다가 더그아웃에 돌아와서도 제 분을 이기지 못하고 쓰레기통을 걷어차는 모습은 눈살을 찌푸리게 만들었다.

한정훈의 압도적인 피칭에 가뜩이나 위축된 동료들의 열의에 찬물을 끼얹는 짓이나 다름없었다.

결국, 뒤숭숭해진 분위기 속에서 8번 타자와 9번 타자는 힘 한번 써 보지 못하고 3구 삼진으로 물러나 버렸다.

-3구 삼진! 한정훈 선수! 퍼펙트입니다! 한국 리그 최초로 퍼펙트게임이 달성됐습니다!

-정말 대단합니다. 정말 대단해요! 으아! 저도 내려가서 마구마구 축하해 주고 싶습니다!

-하하. 서재훈 해설위원은 마저 해설하셔야죠. 대신 여기서 속 시원하게 하고 싶은 말씀 하시죠.

-크아! 장하다, 정훈아! 오늘은 형이 소주에 한우 쏜다아!

한정훈의 퍼펙트게임 달성 소식이 실시간으로 전파를 탔다.

└역시 한정훈.
└이게 한정훈 클라스지.
└오늘은 해낼 줄 알았다!

야구팬들은 한정훈의 퍼펙트게임 달성을 제 일처럼 기뻐했다.

야구 관계자들도 야구 강국이라 불리는 한미일 3국 중 유일하게 한국만 퍼펙트게임이 없었는데 한정훈이 그 한을 풀어줬다며 칭찬을 아끼지 않았다.

그 와중에도 일부 팬들은 경찰 조사를 받고 있다는 버블한의 반응을 궁금해했다.

└누가 가서 버블한 인터뷰 따왔음 좋겠다.

ㄴㅋㅋㅋㅋ 버블한 국밥 먹다 뽑는 거 아냐?

ㄴ근데 버블한 성격에 스타즈 상대로 퍼펙트 게임했다고 인정 안할 듯

ㄴㅇㅂㅇ 맞아, 그럴 가능성 높아. 메이저리그 가서 레드삭스나 양키즈 상대로 퍼펙트하지 않는 한 인정 안 하려 들 거다.

실제 구미가 당긴 몇몇 기자가 버블한의 인터뷰를 시도했다. 그러나 버블한의 반응은 야구팬들의 예상과 전혀 달랐다.

"저, 전 그냥 관심 끌고 싶어서 그랬습니다. 정말이에요. 저 사실 야구도 잘 몰라요. 그러니까 제발 용서해 주세요. 네?"

버블한의 지질한 인터뷰 내용과 함께 그의 실체가 공개되면서 야구팬들도 더 이상 버블한에 관심을 주지 않았다.

그 와중에도 중간중간 버블한을 사칭하는 이들이 나타났다 사라졌지만 예전처럼 주목을 끌지는 못했다.

6개 구단의 요청으로 시작된 인터넷 악성 유저들의 조사는 2주 가까이 이어졌다.

그리고 그 결과가 검찰로 송치가 됐다는 소식이 전해졌다.

그리고 그날, 한정훈은 라이온즈와의 홈 4연전 첫 경기에 선발 등판해 생에 두 번째 노히트노런과 31승째를 달성했다.

　그리고 그 소식이 바다 건너 미국으로 전해졌다.

61장
마무리는 화려하게 (2)

2

"한국은 별일 없지?"

꼭두새벽부터 출근한 앤디 프리드먼 사장이 아침 인사처럼 입을 열었다.

그러자 비서 제시 알바가 기다렸다는 듯이 태블릿을 내밀었다.

"자, 잠깐! 정말로 무슨 일이 있는 거야?"

의자에 반쯤 엉덩이를 붙였던 앤디 프리드먼 사장이 그대로 얼어붙어버렸다.

하지만 제시 알바는 별다른 말은 하지 않았다.

한정훈에 관한 모든 보고서는 빠짐없이 꼼꼼히 읽고 살피는 앤디 프리드먼 사장에게 굳이 입 아프게 설명할 필요는 없다고 판단한 것이다.

"후우……. 오케이. 그럼 이거 하나만 말해줘. 좋은 소식이야, 나쁜 소식이야?"

힘겹게 의자에 앉은 앤디 프리드먼 사장이 길게 숨을 골랐다.

지금 이 시점에서 가장 듣고 싶지 않은 건 한정훈에 대한 나쁜 소식이었다.

부상, 혹은 범죄, 그것도 아니면 타 구단과의 밀접한 관계 등등 어느 것이라도 한정훈을 다저스에 영입하는 데 방해가 되는 요소는 원치 않았다.

"다행히 나쁜 소식은 아닙니다."

제시 알바가 무표정한 얼굴로 대답했다. 하지만 앤디 프리드먼 사장의 표정은 생각만큼 밝아지지 않았다.

"젠장. 또 한 건 했군. 그 녀석이."

다시 한 번 길게 숨을 내쉬며 앤디 프리드먼 사장이 태블릿을 받아 들었다.

화면에는 한정훈이 시즌 31승을 거두며 한국 신기록을 세웠다는 이야기와 함께 강호 라이온즈를 상대로 노히트노런을 달성했다는 내용이 상세하게 담겨 있었다.

"허, 노히트라고? 퍼펙트를 달성한 지 얼마 되지도 않았잖아?"

앤디 브리드먼 사장이 고개를 절레절레 흔들어 댔다. 그러면서도 경기 내용에서 눈을 떼지 못했다.

투구 수는 총 96구.

최고 구속은 165㎞/h.

28명의 타자를 상대로 단 하나의 안타도 허용하지 않았다.

2회 초 유격수 실책으로 주자를 출루시킨 걸 제외하고는 그야말로 완벽에 가까운 경기였다.

"실책이 2회에 나왔는데 퍼펙트로 틀어막다니. 정말 이 녀석은 괴물이 틀림없다니까."

앤디 프리드먼 사장은 한정훈의 투구에 극찬을 아끼지 않았다.

특히나 2회 실책이 나왔음에도 불구하고 노히트노런을 달성한 집념을 높이 샀다.

물론 경기 초반 나온 실책은 경기 후반 터진 실책보다 부담이 적을 수도 있었다.

하지만 앞선 경기들과 연관 지었을 때 한정훈의 엄청난 정신력을 칭찬하지 않을 수가 없었다.

스타즈전 이후 한정훈이 등판한 두 경기에서 스톰즈 선수들은 총 4개의 실책을 저질렀다.

이유는 간단했다.

퍼펙트게임에 대한 부담감.

투수보다 야수들이 더 긴장한 것이다.

올림픽 이후 한정훈 등판 경기에서 상대 타자들의 정타는 거의 실종되다시피 했다.

한정훈의 공을 방망이에 맞추는 타자들도 드물었지만 그마저도 대부분 빗맞은 타구였다.

문제는 그 빗맞은 타구가 종종 기이한 회전을 보인다는 점이었다.

지난 두 경기에서도 야수들은 빗맞은 타구를 제대로 처리하지 못해 실책을 남발했다.

기록에는 나와 있지 않지만 타구를 펌블하는 경우도 확실히 늘어났다.

최근 12경기에서 불규칙 바운드로 기록된 안타만 열 개가 넘어갈 정도였다.

오죽했으면 스톰즈 내야수들이 한정훈의 등판 때마다 특훈을 자처할 정도였다.

그런데 라이온스전에서도 경기 초반에 또다시 실책이 나왔다.

그리고 라이온스 선수들이 그 기회를 악착같이 물고 늘어지면서 실점으로 이어질 뻔했다.

하지만 한정훈은 아무렇지도 않게 나머지 이닝들을 완벽하게 틀어막고 노히트노런을 챙겼다.

3회부터 9회까지 탈삼진만 무려 14개.

아웃 카운트 3개 중 2개를 제 손으로 해결한 셈이었다.

"제시가 보기에는 어때?"

앤디 프리드먼 사장이 상기된 얼굴로 제시 알바를 바라 봤다.

모르는 사람이 봤다면 능력 있는 사장이 젊고 아름다운 여 비서에게 추근댄다고 오해할지도 모르는 상황이었지만 애석 하게도 앤디 프리드먼 사장의 두근거리는 가슴을 가득 채우 고 있는 건 다른 남자였다.

그래서일까.

"좋은 투수라고 생각합니다."

제시 알바는 오늘도 시큰둥한 대답으로 일관했다.

한정훈이 대단한 투수라는 건 알고 있지만 다저스라는 메 이저리그 최고의 팀을 이끌고 있는 앤디 프리드먼 사장이 저 렇게 안달을 낼 정도인지에 대해서는 확신하기 어려웠다.

그러나 앤디 프리드먼 사장은 여느 때처럼 제시 알바의 말 을 귓등으로 흘려버렸다.

어차피 대단한 동의를 구하기 위해 물어본 게 아니었다.

그저 이른 아침부터 자신을 보좌하기 위해 출근한 비서에 게 예의상 말을 붙인 것뿐이었다.

어차피 두어 시간이 지나면 그린 매덕스가 사무실로 찾아 올 것이다.

한정훈에 대한 찐한 대화는 그때 그린 매덕스와 해도 늦지 않았다.

"그건 그렇고, 하아……. 이 녀석. 몸값이 또 오르겠는걸."

한정훈의 활약상에 제 일처럼 들떴던 앤디 프리드먼 사장의 표정이 이내 굳어졌다.

올림픽 직전까지만 해도 직접 챙겼던 한정훈 관련 보고를 굳이 제시 알바에게 맡긴 이유도 바로 요동치는 몸값에 대한 스트레스 때문이었다.

다저스가 메이저리그에서도 손꼽히는 빅 마켓 구단이라고는 하지만 연평균 5천만 달러를 넘어선 한정훈의 몸값은 부담스러울 수밖에 없었다.

물론 지금까지 한정훈이 보여준 퍼포먼스만 봤을 때 그 정도 금액을 지불하는 게 도박으로 느껴질 정도는 아니었다.

메이저리그 스카우터들은 한목소리로 한정훈은 메이저리그 명예의 전당에 헌액될 투수가 될 것이라고 전망하고 있었다.

그들이 단체로 한정훈에게 뒷돈을 받은 게 아니라면 한정훈이 메이저리그에서 수준급 활약을 펼치는 건 기정사실이나 마찬가지였다.

문제는 지금도 메이저리그 선수들의 몸값에 적잖은 거품이 끼어 있다는 점이다.

여기서 한정훈에게 어마어마한 연봉을 안겨준다면 다른

선수들도 자신의 실력과 인기 이상의 대우를 받으려 할 터였다.

앤디 프리드먼 사장은 그 점이 걱정스러웠다.

가뜩이나 챙겨줘야 할 스타플레이어가 많은 상황에서 한정훈의 영입으로 인해 촉발될 게 뻔한 연봉 인플레이션을 감당하기가 쉽지 않다는 것이다.

"지금 양키즈 쪽에서 준비하고 있는 계약이 어떻게 되지?"

앤디 프리드먼 사장이 제시 알바를 바라봤다. 그러자 제시 알바가 기다렸다는 듯이 입을 열었다.

"7년 총액 4억 달러인 것으로 알고 있습니다."

내년 한정훈을 영입하는 것을 구단의 최대 목표로 삼은 양키즈는 벌써부터 실탄을 마련하는 데 여념이 없었다.

소문에 따르면 올림픽에서 보여준 한정훈의 피칭에 매료된 후원자들이 앞다투어 지갑을 열고 있다고 한다.

스타인브리너 일가도 돈 때문에 한정훈을 빼앗기는 일은 없을 것이라며 제2의 악의 제국의 재림을 천명한 상태였다.

만약 다른 때 같았다면 앤디 프리드먼 사장은 피식 웃고 말았을 것이다.

메이저리그에서도 논란의 여지가 많은 3억 달러 계약을 넘어서 4억 달러를 운운하는 것 자체가 제정신이 아니었기 때문이다.

하지만 그 대상이 한정훈이다 보니 앤디 프리드먼 사장도 허투루 들을 수가 없었다.

"7년에 4억 달러라. 그 정도로 한정훈을 영입할 수 있을까?"

앤디 프리드먼 사장이 혼잣말처럼 중얼거렸다.

메이저리그에서 단 한 번도 이루어진 적이 없는 최초의 4억 달러 계약이었지만 그 정도의 상징성만으로 20대 초반의 슈퍼 에이스를 잡을 수 있을 것 같지는 않았다.

"레드삭스 쪽은 어때?"

앤디 프리드먼 사장이 또 다른 라이벌 구단을 입에 올렸다.

양키즈만큼은 아니어도 돈을 쓸 때는 화끈해지는 레드삭스 역시 요주의의 대상이었다.

"레드삭스는 아직까지 총액 3억 3천만 달러 수준을 유지하려는 것으로 알고 있습니다."

"설마 계약 기간이 7년인 것은 아니겠지?"

"6년이라고 들었습니다."

"6년이라. 한정훈의 입장에서도 구미가 당기겠군."

앤디 프리드먼 사장이 고개를 주억거렸다.

평균 연봉은 양키즈 쪽이 조금 더 높지만 1년 일찍 FA를 선언할 수 있다는 장점은 충분히 매력적이었다.

스물셋에 메이저리그 생활을 시작하는 한정훈이 7년 계약을 할 경우 스물아홉이 된다.

한정훈이 7년간 꾸준한 실력을 펼친다 하더라도 서른을 코앞에 둔 한정훈에게 엄청난 계약을 제안할 구단은 많아 보이지 않았다.

하지만 6년 계약을 한다면 이야기는 달라진다.

동양인 투수를 서른이 넘기 전에 1년이라도 더 활용할 수 있다면 구단들이 꺼내는 돈다발의 규모도 달라질 수밖에 없었다.

그런 점에서 앤디 프리드먼 사장은 내심 5년 계약도 염두에 두고 있었다.

한정훈이라는 대단한 투수를 5년만 묶어둔다는 게 아쉽긴 했지만 그렇다고 애써 만들어놓은 질서를 어지럽히고 싶진 않았다.

앤디 프리드먼 사장이 불필요한 고액 연봉자들을 방출하고 돈값 하는 새로운 선수들을 영입하면서 다저스는 점점 효율적인 팀으로 변모하고 있었다.

그 과정에서 다신이 악해지긴 했지만 팀 케미스트리만큼은 스타플레이어가 즐비하던 시절보다 낫다는 평가를 받았다.

앤디 프리드먼 사장은 가능하다면 그 기조를 유지하고 싶었다.

계약 기간을 줄이고 연봉 총액을 3억 달러 이하로 낮춰 기존 선수들과의 이질감을 최소화하고 싶었다.

희망하는 몸값은 5년에 2억 8천만 달러 수준.

　앞자리 숫자가 달라지면서 다소 초라해 보이긴 하지만 그건 어디까지나 착시일 뿐이었다.

　메이저리그 최고인 연평균 5,600만 달러를 받으며 스물일곱 살에 FA가 된다는 이점은 양키즈의 4억 달러 계약과 비교해도 조금도 밀리지 않았다.

　문제는 한정훈의 현재 몸값이 내년 이 시점에도 유효하느냐는 점이다.

　'3억 달러가 넘으면 안 될 텐데…….'

　앤디 프리드먼 사장이 나직이 한숨을 내쉬었다.

　하루가 멀다고 야금야금 치솟고 있는 한정훈의 연봉이 심리적 상한선인 3억 달러(5년 기준)를 넘어가 버린다면 앤디 프리드먼 사장도 고심에 빠질 수밖에 없었다.

　일차적인 대안으로 꼽혔던 세금 보조 문제는 이미 모든 구단에서 적극 활용 중인 상태였다.

　덕분에 절세의 이점을 적극적으로 활용하던 레인저스 구단에서 공공연히 불만을 터뜨릴 정도였다.

　여기에 한정훈의 눈길을 조금이라도 잡아끌기 위한 각종 인센티브 전쟁이 한창이었다.

　한정훈의 장기인 탈삼진과 이닝에 옵션을 거는 건 기본이고 평균 자책점을 세분화해 보너스를 주겠다는 구단까지 나왔다.

역사상 유례가 없는 한정훈의 몸값을 낮추기 위해 거의 모든 메이저리그 구단들이 머리를 싸맸다고 해도 과언이 아니었다.

하지만 결과적으로 한정훈의 몸값 상승을 막는 데 실패했다.

주된 이유는 한정훈 때문이었다.

매해 전 시즌을 뛰어넘는 경이로운 피칭을 선보인 탓에 몸값이 오르지 않고 버틸 수가 없었다.

특히나 올림픽 때 쾅 하고 터뜨린 166㎞/h의 강속구는 충격적이었다.

100마일 투수는 흔하다며 한정훈 거품론을 주장하던 일부 메이저리그 전문가들조차 군소리 없게 만들어버렸다.

앤디 프리드먼 사장도 한정훈이 제 실력으로 올리는 연봉에 대해서는 불만이 없었다.

오히려 한정훈이 맹활약을 펼칠 때마다 구매욕이 치솟았다.

한정훈을 다서스에 영원히 묶어두고 성장의 끝을 보고 싶은 욕망에 몸서리칠 정도였다.

하지만 한정훈을 영입할 자격조차 되지 않은 스몰 마켓 구단들이 이리저리 분탕질치며 한정훈의 몸값을 올리려드는 건 도저히 참을 수가 없었다.

"포스팅 제도를 손봐야 해."

앤디 프리드먼 사장이 주먹을 움켜쥐었다.

기존 1천만 달러의 포스팅 비용을 3배로 올려도 스몰 마켓 구단 대부분이 떨어져 나갈 터였다.

문제는 스몰 마켓 구단 대부분이 포스팅 비용 상한선 변경에 반대를 하고 있다는 점이다.

그 때문에 작년에 급작스럽게 형성됐던 포스팅 시스템 변경 문제는 공식적으로 회의에 상정되지도 못하고 무산되고 말았다.

그러나 지금은 달랐다. 올 시즌 한정훈의 활약상에 또다시 감탄하면서 다저스를 비롯한 빅 마켓 구단들은 포스팅 시스템 개선 필요성에 절실히 공감하고 있었다.

"어떻게든 판을 만들어야 해."

앤디 프리드먼 사장이 핸드폰을 집어 들었다.

이제 더는 망설일 여유가 없었다.

올겨울까지 포스팅 시스템을 손질하지 못하면 내년 한정훈 영입 대란은 막을 수가 없게 된다.

"일단은 양키즈부터."

앤디 프리드먼 사장이 브라이언 캐시 단장의 개인 휴대폰으로 전화를 걸었다.

그리고 잠시 후.

-그렇지 않아도 통화를 하고 싶었는데 우리 텔레파시가 통한 모양입니다.

반가움에 가득 찬 목소리가 수화기 너머로 흘러나왔다.

2

메이저리그에서 포스팅 시스템 개선에 대한 논의가 재점화될 무렵, 한국은 가을야구가 한창이었다.

양대 리그제 도입 이후 2년 연속으로 치러졌던 이글스와 와이번스의 동부 리그 챔피언십 시리즈는 불발됐다.

이글스가 주축 선수들의 줄부상으로 4위로 밀려났기 때문이다.

동부 리그 우승은 작년에 이어 와이번스가 차지했다.

리빌딩을 마무리 짓고 왕조 재건을 노리는 타이거즈가 2위를 꿰찼으며 3위는 트윈스의 몫이었다.

반면 서부 리그의 포스트시즌 진출팀은 작년과 동일했다.

스톰즈가 1위, 다이노스가 2위, 라이온즈가 3위.

일찌감치 1, 2위가 결정된 가운데 3위 자리를 두고 베어스를 비롯해 자이언츠와 히어로즈까지 물고 물리며 막판까지 혼전 양상을 보였지만 불펜이 강한 라이온즈가 최종 승자가 됐다.

시즌 종료 후 곧바로 치러진 플레이오프에서 타이거즈가 트윈스를 누르고 챔피언십 시리즈에 진출했다.

시리즈 스코어 3 대 1.

투수력이 우세한 타이거즈가 유리하다는 전문가들의 의견이 들어맞은 것이다.

하지만 챔피언십 시리즈의 결과는 전문가들의 의견을 완전히 빗나가 버렸다.

"타이거즈의 상승세가 무섭지만 아직까진 와이번스가 더 낫다고 생각합니다."

"포스트시즌 경험이 풍부한 와이번스가 결국 한국 시리즈에 진출할 겁니다."

거의 모든 전문가가 와이번스의 우세승을 점쳤다. 그러나 결과는 타이거즈의 승리였다.

시리즈 스코어 3승 1패.

정상급 외국인 용병 듀오와 양현중, 윤성민 등 초특급 투수진을 앞세운 타이거즈가 마운드 싸움에서 와이번스를 눌러 버린 것이다.

서부 리그에서는 플레이오프에서 이변이 발생했다.

리그를 통틀어 최강의 투타 밸런스를 자랑하던 다이노스가 타이거즈처럼 세대교체를 마친 라이온즈에게 물리고 만 것이다.

시리즈 스코어 3승 2패.

2연패 이후 3연승을 거둔 라이온즈의 기세는 뜨거웠다.

올해 새로 부임한 이승혁 감독은 젊은 패기로 스톰즈를 누르고 한국 시리즈에 진출하겠다고 선언했다.

전문가들도 한정훈을 제외했을 때 라이온즈가 스톰즈에 결코 밀리지 않는다는 평가를 내렸다.

하지만 정작 챔피언십 시리즈는 허무하게 끝이 났다.

3 대 0.

일방적인 스윕 시리즈가 만들어진 것이다.

그리고 그 시작은 한정훈이 등판한 1차전이었다.

사납게 으르렁거리던 라이온즈를 상대로 세 번째 노히트 노런을 달성한 것이다.

┗봤냐? 이게 바로 에이스다.

┗한정훈 영혼까지 탈탈 털겠다던 놈들 어디 숨었냐? 어디 낯짝이나 보자.

포스트시즌 통산 2번째 기록이자 정명운 이후 24년 만의 대기록 수립에 스톰즈 팬들은 기쁨을 감추지 못했다.

반면 라이온즈 팬들은 절망감에 빠졌다.

한정훈의 압도적인 투구 앞에 라이온즈 타자들이 기 한 번 펴보지 못했기 때문이다.

그리고 그 후유증은 다음 경기에서도 이어졌다.

올 시즌 들어 피칭 스타일을 바꾼 테너 제이슨의 호투에 라이온즈 타자들이 침묵하면서 2경기 연속 노히트노런의 치욕을 당할 뻔한 것이다.

천만 다행히도 8회 초 구자운의 솔로 홈런이 터지며 테너 제이슨을 강판시켰지만 경기 결과까지 바꾸진 못했다.

스코어 5 대 1.

다이노스를 상대할 때까지만 해도 활활 타올랐던 라이온 즈의 방망이가 싸늘하게 식어버렸다.

이동일 이후 펼쳐진 3차전에서도 라이온즈 타자들은 부진 의 늪에 허덕였다.

반면 스톰즈 타자들은 찬스 때마다 차곡차곡 점수를 뽑아 내며 선발 강현승의 어깨를 가볍게 만들어주었다.

올 시즌 원정 경기에 약하고 라이온즈에 약했던 강현승은 7이닝 무실점 호투를 통해 두 가지 징크스를 동시에 날려 버 리며 토종 좌완 에이스의 면모를 유감없이 과시했다.

단짝인 이승민도 9회에 마운드에 올라 세 타자를 전부 삼 진으로 돌려세우며 포스트시즌 첫 세이브를 챙겼다.

올림픽 브레이크로 인한 여파를 최소화하기 위해 시리즈 가 일찍 끝날 경우 휴식일을 단축한다는 규정에 따라 한국 시리즈는 서부 리그 챔피언십 시리즈가 끝나고 이틀 후에 시 작됐다.

스톰즈는 에이스 한정훈을 선발로 내세웠다.

이에 맞서 타이거즈는 원투 펀치로 활약하던 용병 투수들 대신에 윤성민을 올리는 변칙 전술로 맞섰다.

이미 지난 시즌 와이번스가 사용했다 실패했던 전술이었

지만 김인태 감독도 다른 도리가 없었다.

올 시즌 선발 등판한 모든 경기에서 승리를 챙긴 한정훈을 상대로 에이스 카드를 낭비할 수 없었기 때문이다.

"정훈아, 그냥은 안 질 거다."

경기 시작 전 한정훈에게 날렸던 선전포고가 허언이 아닌 듯 윤성민은 초반부터 전력을 다했다.

작년보다 짜임새가 더해진 스톰즈 타자들을 7이닝 4피안타 1실점으로 틀어막으며 와이번스와의 챔피언십 시리즈 2차전 패배의 아쉬움을 씻어냈다.

"윤성민 오늘 공 장난 아닌데?"

"진짜 MVP하던 그 시절 보는 거 같다."

스톰즈 팬들도 윤성민의 호투에 혀를 내둘렀다.

전매특허인 광속 슬라이더가 좌우 코너를 가리지 않고 꽂혀드는데 실력 있는 서전의 깔끔한 수술을 보는 것 같은 기분이었다.

하지만 애석하게도 상대가 나빴다.

게다가 타이거즈 타선은 스톰즈 타선보다도 약하다는 평가를 받고 있었다.

한정훈은 타자들이 어렵게 뽑아낸 한 점을 마지막까지 지키며 제힘으로 승리를 쟁취했다.

최종 스코어 1 대 0.

스톰즈 팬들에게는 너무나 익숙한 한정훈 스코어 게임이

었다.

1차전의 투수전은 2차전에서도 계속됐다.

스톰즈 선발 테너 제이슨과 타이거즈의 용병 투수 카일 홀랜드가 7회까지 무실점 호투를 펼친 것이다.

그렇게 양 팀 감독이 연장전의 고민 속에 빠져들 무렵 최준의 솔로 홈런포가 터졌다.

완벽에 가까운 피칭을 선보이던 타이거즈의 에이스 카일 홀랜드가 100구째 던진 한복판 실투를 최준이 놓치지 않고 잡아당겨 담장을 넘겨 버렸다.

그리고 그 한 방이 결승타가 되었다.

스코어 1 대 0.

이틀 연속 한정훈 스코어가 이어졌다.

하루 쉬고 한국 시리즈의 무대가 광주로 무대가 옮겨졌다.

김인태 감독은 홈 3연전의 목표를 2승 1패로 잡았다.

한정훈의 등판이 예상되는 5차전을 제외한 3, 4차전을 전부 잡아내겠다는 이야기였다.

전문가들도 홈에서 7할에 가까운 승률을 자랑하는 타이거즈라면 기적의 반등을 이뤄낼지 모른다고 전망했다.

그러나 스톰즈의 상승세는 광주라고 해서 꺾이지 않았다.

"3차전이나 4차전 중에 한 경기만 잡으면 되는 거잖아, 안 그래?"

"그렇지. 어차피 정훈이가 5차전에 나올 거니까."

"재수 없는 소리지만 3, 4차전 다 져도 상관없지 않나?"

"하긴, 올해가 안양에서 치르는 마지막 시즌인데 스톰즈 파크에서 우승하는 것도 나쁘지 않지."

적지에서 3연전을 치러야 했지만 스톰즈 선수들은 디펜딩 챔피언의 여유를 잃지 않았다.

무엇보다 한정훈이 3연전 중 한 경기를 책임져 줄 것이라는 든든함이 선수들의 어깨를 가볍게 만들었다.

반면 타이거즈 선수들은 경기 초반부터 긴장된 모습을 감추지 못했다.

대부분의 선수가 포스트시즌 경험이 없다 보니 한국 시리즈가 주는 중압감을 떨쳐 내지 못했다.

그리고 그 차이가 경기력으로 이어졌다.

3차전 선발은 강현승과 양현중.

양 팀 토종 좌완 에이스들 간의 맞대결이었다.

전문가들은 2009년도 우승을 경험하고 국가대표로 활약한 양현중이 실력 면에서 한 수 위라고 평가했다.

강현승이 지난 챔피언십 시리즈에서 인생 경기를 펼쳤지만 양현중의 벽을 넘기는 어려울 것이라고 전망했다.

실제 강현승은 경기 초반부터 3점 홈런을 허용하며 흔들리는 모습을 연출했다.

반면 양현중은 안정적이었다. 4회 황철민에게 1타점 2루타를 맞은 걸 제외하고는 장타를 허용하지 않았다.

3 대 1.

타이거즈가 두 점 차로 앞서가는 가운데 8회부터 양 팀의 불펜이 가동됐다.

양 팀의 셋업맨이 등판한 8회 공방은 득점 없이 끝났다.

하지만 9회 초 타이거즈의 첫 승을 위해 올라온 한성혁이 불을 지르며 경기의 분위기가 바뀌었다.

투 아웃을 잘 잡아놓고 연속 사사구를 허용한 뒤 최준에게 3점포를 얻어맞으며 순식간에 역전을 허용한 것이다.

9회 말 급하게 몸을 풀고 마운드에 오른 이승민이 연속 안타를 허용하며 광주 야구장이 잠시 뜨거워졌지만 그 열기는 오래가지 않았다.

이내 정신을 차린 이승민이 후속 타자를 삼진과 병살타로 잡아내며 경기를 끝내 버린 것이다.

"끝났네."

"젠장할. 이럴 줄 알았다."

3차전 역전패를 지켜본 타이거즈 팬들은 허탈함을 감추지 못했다.

한정훈이 5차전에 등판하는 상황에서 4차전에 승리한들 달라지는 건 아무것도 없었기 때문이다.

기운이 빠지는 건 타이거즈 선수들도 마찬가지였다.

언론들이 벌써부터 스톰즈의 우승을 언급하는데 4차전에 대한 열의가 생길 리 없었다.

결국 4차전도 스톰즈가 4 대 2로 가져가면서 작년 한국 시리즈의 재판이 될 거라 예상됐던 2020시즌 한국 시리즈는 시리즈 스코어 4 대 0으로 스톰즈의 승리로 끝이 났다.

한국 시리즈를 2연패 한 스톰즈는 쉴 틈도 없이 곧바로 아시아 시리즈를 준비했다.

구단에서는 2년 연속 트리플 크라운을 위해 선수들에 대한 지원을 아끼지 않았다.

구단 전용기를 공수함은 물론이고 사전에 경기장과 가까운 숙소와 선수들의 입맛에 맞는 음식까지 마련하며 선수들이 최상의 컨디션을 유지할 수 있도록 노력했다.

이 같은 구단의 지원 덕분에 스톰즈는 아시아 시리즈에서도 상승세를 이어갔다.

예선전 전승에 이어 본선에서도 강건한 실력을 선보이며 시리즈 2연패에 성공했다.

2년 연속 서부 리그 우승.
2년 연속 한국 시리즈 우승.
2년 연속 아시아 시리즈 우승.
2년 연속 트리플 크라운 달성.

창단된 지 고작 3년밖에 되지 않은 팀이 일궈낸 놀라운 성과에 야구인들은 놀라움을 금치 못했다.

일부 야구 전문가는 스톰즈의 상승세가 한정훈이 메이저리그로 떠난 이후에도 지속될 가능성이 높다며 스톰즈 왕조를 예견하기까지 했다.

그러나 정작 스톰즈 구단은 최정상의 기쁨을 제대로 누리지 못했다.

올 시즌을 끝으로 연고지가 바뀌기 때문이었다.

"안양시가 싫다고 팬들을 버리는 게 어디 있냐!"

"2년만 기다리라고! 그럼 시장 바뀐다니까!"

안양 팬들은 안양 스톰즈 파크에 모여 하루가 멀다 하고 연고지 이전 반대 시위를 벌였다.

일부 스톰즈 팬은 야구 커뮤니티들을 찾아다니며 다른 야구팬들의 동참을 부탁하기도 했다.

하지만 올 초에 이미 연고지 이전에 대한 KBO의 승인이 나버린 이상 달라지는 건 없었다.

더욱이 새로운 연고지로 결정된 성남에서 스톰즈를 위해 최신식 야구장을 건립해 놓은 상태였다.

이런 상황에서 스톰즈가 안양에 남는다면 또 다른 문제가 발생할 수밖에 없었다.

"한정훈 선수! 제발 구단 좀 말려줘요!"

"한정훈 선수가 나서주면 연고지 이전도 막을 수 있어요!"

일부 극성팬들은 한정훈을 붙잡고 늘어졌다.

스톰즈의 에이스이자 팀의 핵심인 한정훈이 반대한다면

연고지 이전을 막을 수 있다고 판단한 것이다.

　그러나 제아무리 한정훈이라 하더라도 어렵게 내린 구단의 결정을 뒤엎을 수는 없었다.

　게다가 연고지 이전이 논의된 시점부터 박현수 단장은 한정훈에게 모든 사정을 빠짐없이 설명해 주었다.

　혹시라도 팬들이 한정훈을 흔드는 걸 막기 위해서였다.

　사랑하는 스톰즈 팬 여러분들께……

　결국 한정훈은 구단 홈페이지를 통해 장문의 편지를 올리는 것으로 자신의 입장을 대신했다.

　특유의 악필로 차곡차곡 채워진 편지는 무려 20장 분량에 달했다.

　어찌나 구구절절하던지 한정훈을 배신자로 매도하던 극성 팬들조차 눈시울을 붉힐 정도였다.

　비록 여러 가지 사정으로 인해 안양 스톰즈 파크를 떠나지만 이곳 마운드에서 공을 던졌던 기억들은 평생 잊지 않겠습니다. 그러니 팬 여러분들도 구단의 힘든 결정을 너그럽게 이해해 주시길 부탁드립니다.

　한정훈의 진심이 전해지면서 여론도 흔들렸다.

연고지 이전이 공식 발표됐을 때만 해도 60퍼센트에 달했던 반대 의견이 한정훈의 편지 공개 이후로 20퍼센트까지 낮아진 것이다.

　스톰즈 구단도 KBO와 협의를 통해 홈경기 일부를 안양 스톰즈 파크에서 치르는 방안을 검토하겠다며 팬들을 달랬다.

　실제 그렇게 될 가능성은 높지 않았지만 어떻게든 안양 팬들까지 안고 가려는 스톰즈 구단의 노력이 팬들의 마음을 움직였다.

　ㄴ인정할 건 인정하자. 지금 상황에서 연고지 이전을 안할 수도 없잖아. 안 그래?

　ㄴ그러니까 있을 때 잘하지. 처음에 안양시에서 배짱부릴 때 이렇게들 나섰으면 좀 좋아?

　ㄴ내 말이 그 말이야. 그때는 그냥 지켜만 보다가 막상 스톰즈 떠난다니까 난리 치는 것도 꼴불견이다.

　ㄴ모르면 아닥하고 있지? 그때도 팬들 서명운동했었거든?

　ㄴ너야말로 모르면 입 다물어라. 그 서명운동 안양시에서 언플하면서 흐지부지됐거든?

　ㄴ스톰즈도 한정훈도 이만하면 도리를 다한 거 아냐? 행정적으로 끝난 문제 가지고 징징거리지 말자고.

강성팬들은 한정훈도 배신자라며 단체 행동까지 불사하겠다고 나섰지만 실제로 참여하거나 동조하는 이들은 눈에 띄게 줄어들었다.

스톰즈는 욕해도 한정훈은 욕해서는 안 된다는 원칙이 무너지면서 아쉬운 마음에 동참을 했던 팬들의 이탈이 가속화된 것이다.

그 와중에 일부 강성팬들이 안양시 관계자로부터 식사 대접을 받아왔다는 사실이 드러나면서 진정성마저 퇴색됐다.

안양시 관계자들은 연고지 유지를 위해 힘쓰는 팬들에게 고마운 마음에 식사를 대접한 것일 뿐이라고 둘러댔지만 강성팬들의 배후에 안양시가 있었다는 사실만큼은 달라지지 않았다.

안양시의 치졸함이 드러나자 야구팬들은 성남시의 대응에 주목했다.

그러나 성남시는 직접적인 대응을 삼갔다. 대신 안양 팬들을 어루만지려 노력했다.

성남 시장은 안양 시와 협의해 안양-성남 간 직통버스 노선을 유치하겠다고 밝혔다.

또한 아쉽게 스톰즈를 떠나보내는 안양 시민들을 위해 3년간 안양 시민들이 야구장을 찾아올 경우 관람료를 50퍼센트 할인해 주겠다는 뜻을 밝혔다.

구 스톰즈 파크에 비해 신축 스톰즈 파크의 수용 인원이 2

배 가까이 늘어난 만큼 안양 시민과 성남 시민이 함께 스톰즈를 응원해도 충분하다는 이야기였다.

상황이 이렇게 되자 스톰즈의 연고지 이전을 반대하는 것 자체가 낯부끄러운 일이 되고 말았다.

그렇게 해를 넘길 것이라던 스톰즈 구단의 연고지 이전 논란은 예상보다 일찍 마무리가 됐다.

3

"올해의 통합 MVP는…… 이변은 없습니다. 스톰즈의 한정훈!"

11월 말에 열린 프로 야구 시상식에서 한정훈은 3년 연속 통합 MVP에 올랐다.

이변은 없었다는 발표자의 말처럼 한정훈의 MVP 3연패는 충분히 예견된 일이었다.

한정훈은 3년 연속 서부 리그, 아니, 리그 전체를 통틀어 가장 많은 승수를 기록하고 가장 많은 타자를 삼진으로 잡아냈으며 최고의 승률을 올렸다.

그러면서 최소 실점으로 최저 평균 자책점을 기록했다.

그뿐인가. 스톰즈의 에이스로서 한정훈은 팀이 한국 시리즈 2연패를 달성하는 데 가장 큰 공을 세웠다.

비록 포스트시즌 성적은 별개라지만 동기간 국내 선수 중 한정훈보다 더 나은 성적을 거둔 이는 단 한 명도 없었다.

"한정훈 선수! 이번에는 방송 한번 하셔야죠."

"지난번에는 드라마를 찍었으니까 이번에는 영화 어때요, 네?"

12월이 되면서 베이스볼 61 사무실은 한정훈을 원하는 섭외 전화로 인해 업무가 마비가 되었다.

예능과 드라마는 물론 충무로에서까지 한정훈을 찾는 통에 다른 일을 할 수가 없었던 것이다.

내년 시즌 메이저리그 진출이 확실시되는 한정훈과 뭔가를 할 수 있는 기회는 올해뿐이었다.

하지만 애석하게도 같은 이유로 한정훈은 주변의 섭외 요청을 전부 거절할 수밖에 없었다.

"부디 몸 건강히 잘 다녀오세요."

"현역으로 가는 것도 아닌데요."

"하아, 그래도 괜히 짓궂은 조교들 만나서 고생하시는 거 아닌가 걱정됩니다."

"걱정하지 마세요. 5주 금방 갈 테니까요."

한정훈은 언론은 물론 가족들에게도 알리지 않고 기습적으로 훈련소에 입소했다.

특별히 거창한 이유 같은 건 없었다. 그저 바짝 머리를 밀어버린 모습을 다른 이들에게 보여주고 싶지 않았기 때문이다.

"그래도 혹시 몰라서 제가 아는 분들에게 부탁을 좀 드렸으니까 조금만 참고 견디십시오. 아셨죠? 혹시라도 어디 불편하거나 하시면 바로 연락 주시고요."

훈련소 앞까지 배웅을 온 박찬영 대표의 신신당부를 들으며 한정훈은 태연하게 걸음을 움직였다.

하지만 그것도 잠시.

반쯤 넋이 나간 얼굴로 서 있는 예비 훈련병들이 보이자 자신도 모르게 땅이 꺼져라 한숨을 내쉬고 말았다.

"젠장. 이 짓을 또 해야 하다니."

지금은 가물가물해진 과거에도 한정훈은 한 차례 훈련소 생활을 겪었다.

사회 복무 요원으로 복무하기 전 4주 군사 훈련을 받으라는 통지서가 날아왔기 때문이다.

그때 한정훈은 축구를 좋아하는 소대장에게 걸려 지옥 같은 4주를 겪어야 했다.

프로야구 선수라는 이유만으로 한정훈을 쥐 잡듯 잡아댄 것이다.

"그 인간만 아니면 돼."

한정훈은 애써 숨을 골랐다.

그저 잠깐 훈련소 생활을 떠올렸을 뿐인데 벌써부터 가슴이 답답해지는 기분이었다.

그때였다.

"어! 한정훈 선수 아닙니까?"

등 뒤에서 어딘지 모르게 귀에 익은 목소리가 들려왔다.

'아니야. 아닐 거야.'

한정훈은 반사적으로 돌아가려던 고개를 힘겹게 붙들었다.

그리고 못 들은 척 걸음을 재촉했다.

하지만 목소리의 주인은 성큼성큼 한정훈을 쫓아와 기어코 얼굴을 들이밀었다.

"맞네! 한정훈 선수. 훈련소 들어온다더니 그게 오늘이었어요?"

상사 계급장을 단 사내가 친구라도 만난 것처럼 반갑게 굴었다.

그러나 한정훈은 상사를 만난 게 조금도 달갑지가 않았다.

'이 개새…… 를 왜 여기서 만나냐.'

한정훈이 땅이 꺼져라 한숨을 내쉬었다.

과거 직업 군인이라면 치를 떨게 만들었던 문제의 소대장을 이런 식으로 또다시 보게 될 줄은 미처 생각하지 못한 것이다.

그러나 상사는 예나 지금이나 눈치가 없었다.

그리고 여전히 제멋대로 생각하고 판단하기를 즐겼다.

"한정훈 선수, 왜 그래요? 어디 불편해요? 아아, 긴장했구

나. 하하. 걱정하지 마요. 요즘 군대, 예전하고는 다릅니다.”

상사가 한정훈의 어깨를 툭툭 두드렸다.

그때마다 한정훈의 눈썹이 꿈틀거렸지만 상사는 그 사실을 조금도 인지하지 못했다.

'아주 잘 걸렸다 이거지? 왜? 이번에는 또 무슨 핑계를 대면서 날 엿 먹이려고?'

한정훈은 속이 부글부글 끓었다.

자신의 머릿속으로 새록새록 떠오르는 그날의 더러운 기억과 감정들을 눈앞의 상사는 전혀 모른다는 사실에 분노가 치밀었다.

한편으로는 이번만큼은 상사에세 휘둘리지 않으리라 다짐했다.

처음에는 사람 좋은 척 접근하다 꼬투리 하나 잡으면 그때부터 피를 말리는 수법에 또다시 멍청하게 당하느니 퇴소를 할 각오까지 먹었다.

하지만 상사가 한정훈을 반갑게 맞이한 것은 예전처럼 괴롭히기 위해서가 아니었다.

“참, 이럴 게 아니라 잠깐 대대장님께 갑시다.”

“……?”

“대대장님이 야구 엄청 좋아하시거든요. 자, 갑시다~”

상사가 실실 웃으며 한정훈을 끌고 대대장실로 향했다.

야구 좋아하는 대대장에게 한정훈을 인사시키면 눈도장을

찍을 수 있다고 여긴 것이다.

그러나 정작 대대장의 입에서는 역정이 터져 나왔다.

"최 상사, 지금 이게 뭐하는 짓이야?"

"예? 제가 뭘……."

"허, 지금 사적으로 훈련병을 함부로 끌고 다녀도 되는 거야?"

"그, 그게 그러니까……."

대대장에게 혼쭐이 난 상사는 한정훈을 내버려 둔 채 도망 치듯 대대장실을 뛰쳐나갔다.

덕분에 대대장실에 홀로 남겨진 한정훈은 망연자실한 표 정이 되고 말았다.

하지만 그것도 잠시.

"한정훈 선수, 이쪽으로 앉아요. 그렇지 않아도 꼭 한번 만나고 싶었는데 이렇게 봐서 정말 반갑습니다. 내 한정훈 선수 팬이에요."

언제 화를 냈냐는 듯 사람 좋은 얼굴로 웃는 대대장의 모 습에 한정훈도 턱 밑까지 튀어나왔던 퇴소라는 두 단어를 되 삼킬 수 있었다.

이후 5주간의 훈련은 순조로웠다.

한정훈의 바람대로 대대장은 한정훈을 특별 대우하지 않 았다.

그저 한정훈이 훈련할 때마다 주변을 서성거리며 흐뭇한

얼굴로 고개를 끄덕거릴 뿐이었다.

그렇게 과거와는 전혀 다른 훈련소 생활을 마친 한정훈은 뒤늦게 몰려온 기자들의 플래시 세례를 받으며 밝은 얼굴로 퇴소를 했다.

그리고 미리 기다리고 있던 박찬영 대표의 차에 올라타 그토록 그리던 집으로 향했다.

"우리 아들, 얼굴이 반쪽이 됐네. 군대에서 제대로 먹지도 못했을 텐데 많이 먹어. 응?"

어머니는 언제나처럼 식탁 다리가 부러질 만큼 한 상 가득 음식을 차려놓고 한정훈을 반겼다.

그 모습이 어찌나 지극정성이던지 정아가 대놓고 입술을 삐죽거릴 정도였다.

"엄마 적당히 좀 해. 오빠 그러다 체하겠어."

"내가 뭘 어쨌다고 그래? 평소처럼 하는 건데. 그렇지, 아들?"

"헐, 대박. 오빠, 엄마한테 속지 마. 엄마가 오빠한테 할 말 있어서 저러는 거야."

"정아, 너! 빨리 들어가서 공부해. 내년이면 고3인 애가 정신 못 차리고."

"칫, 엄마는 괜히 할 말 없으니까 그래."

결국 정아를 방으로 쫓아낸 어머니는 아예 옆자리에 앉아 직접 한정훈의 식사를 챙겼다.

덕분에 한정훈은 오랜만에 포만감을 넘어 더부룩함이라는 감정을 느낄 수 있었다.

"하아, 이제 좀 살 것 같네."

훈련소에서 그토록 먹고 싶었던 집밥까지 해치우고 나서야 한정훈은 다시 사회인이 됐다는 사실을 실감했다.

"제주도 가기 전까지 아무것도 안 하고 푹 쉬어야지."

한정훈이 보란 듯이 기지개를 켰다.

주차장에 처박힌 채 뽀얗게 먼지만 두르고 있는 붕붕이를 생각해서라도 이번 오프 시즌만큼은 아주 야무지게 쉬어볼 생각이었다.

그런 한정훈의 말을 듣기라도 한 것일까.

"아들, 전지훈련 가기 전까지 특별한 일정은 없지?"

어머니가 과일 접시를 들고 거실로 나왔다.

"네, 일주일 정도 몰아서 광고 촬영하는 거 빼면 하, 한가해요."

접시 위에 산처럼 쌓인 과일을 바라보며 한정훈이 말을 더듬었다.

지금도 충분히 속이 더부룩한데 저 과일들까지 해치웠다간 소화제를 먹어야 할 것 같았다.

그러나 다행히도 어머니의 목적은 과일을 먹이는 게 아니었다.

"그럼 아들, 소개팅 한번 할래?"

"……네?"

"왜? 혹시 엄마 몰래 만나는 아가씨라도 있는 거야?"

"아, 아뇨."

"그렇지? 그래서 엄마가 엄마 친구 딸 소개시켜 주려고. 사진 보여줄까?"

어머니가 기다렸다는 듯이 핸드폰을 앞으로 내밀었다.

순간 뭔가를 발견한 한정훈의 눈이 화등잔처럼 커졌다.

'헉……! 이 여자, 한지예 아나운서잖아?'

다소 앳된 모습이긴 했지만 사진 속 여자는 아나운서 한지예가 확실했다.

"왜 그렇게 놀라? 누군지 잘 알아?"

"아, 아뇨. 그냥 예뻐서요."

"호호. 예쁘지? 지숙이라고 엄마하고 오래 알고 지낸 친구가 있는데 우리 아들 자랑 좀 했더니 작은딸이 아직 남자 친구가 없다고 한 번 소개받고 싶다고 해서 말이지. 그래서 엄마가 물어는 보겠다고 했거든? 그런데 이렇게 좋아하는 거 보니까 날 잡아야지 안 되겠네."

어머니는 한정훈이 보는 앞에서 어딘가로 전화를 넣었다.

그리고 한정훈에게 한마디 상의도 없이 이틀 뒤로 약속을 잡아버렸다.

갑작스럽게 잡힌 소개팅이었지만 한정훈도 특별히 불만을 드러내지는 않았다.

성현주와의 결혼 생활을 후회하고 있을 때 단아한 외모와 조근조근한 목소리로 한정훈의 영혼을 위로해 줬던 게 다름 아닌 한지예 아나운서였다.

무슨 소리인지 알아들을 수 없었지만 한지예가 진행하는 시사 교양 프로그램을 시청하는 게 한정훈의 유일한 낙일 때가 있었다.

만약 그마저도 없었다면 한정훈이 가정불화 속에서도 16년간이나 프로 선수로 버티지 못했을 터였다.

"아들, 내일모레로 약속 잡혔는데 괜찮지?"

통화를 끊고 나서야 어머니가 한정훈의 의사를 물었다.

"네, 저는 상관없는데……."

한정훈이 슬쩍 말끝을 흐렸다.

불현듯 한지예가 오랜 친구인 한류스타 강지운과 결혼했었다는 사실이 떠오른 것이다.

'그때 깡소주를 퍼부어서 위에 구멍이 날 뻔했었는데…….'

만약 그때의 인연이 과거로 되돌아온 지금도 유효하다면 한지예와 강지운은 비밀리에 연애를 하고 있을 가능성이 높았다.

설사 성공을 위해 정식적으로 사귀지는 않더라도 최소한 썸 정도는 타고 있을 것 같았다.

하지만 그런 속내를 전혀 알지 못하는 어머니는 별걱정을 다 한다며 웃어 보였다.

"얘는. 지숙이가 그러는데 아나운서 준비 중이라 남자 만날 시간도 없데."

"그래요?"

"나도 너무 예뻐서 남자 친구 있는 거 아니냐고 물어봤는데 펄쩍 뛰더라. 남편이 엄해서 학교 엠티도 안 보냈다면서 말이야."

"아, 네……."

한정훈은 멋쩍게 웃으며 고개를 주억거렸다.

과거 한지예가 1등 신붓감으로 손꼽혔던 건 단아한 외모만큼이나 품행이 단정했기 때문이다.

한정훈도 성현주와는 180도 다른 한지예의 그 모습에 매료되었다.

그렇다 보니 어머니의 말을 철석같이 믿고 싶었다.

'엄마 친구 딸이라고 해도 잘된다는 보장은 없으니까 너무 크게 기대하지는 말자.'

한정훈은 애써 마음을 다잡았다.

아직 아나운서도 아니고 아나운서 지망생인 한지예를 만나는 데 특별히 긴장할 필요는 없다고 여겼다.

하지만 이성과는 달리 감정은 한지예를 향한 설렘에서 좀처럼 헤어 나오질 못했다.

"하아, 미치겠네."

이틀 후 꼭두새벽부터 눈을 뜬 한정훈이 무겁게 한숨을 내쉬었다.

푹 자고 아무렇지도 않게 한지예를 만나려 했는데 거울 속 모습은 눈 밑까지 다크서클이 내려앉아 있었다.

"일단 사우나에 가서 땀 좀 빼자."

한정훈은 주섬주섬 옷을 챙겨 입고 밖으로 나갔다.

그리고 사우나에서 땀을 푹 뺀 뒤에 약속 장소로 향했다.

부아아아앙!

오랜만에 도로를 내달리는 붕붕이가 불만스러운 배기음을 뿜어냈다.

그렇게 심통이 난 붕붕이를 달래주다 보니 어느새 강남 한복판에 와 있었다.

"야, 인마. 너 왜 이렇게 빨라? 너 때문에 한 시간은 더 기다리게 생겼잖아!"

한정훈은 괜히 말 못 하는 붕붕이를 잡고 투덜거렸다.

혹시나 차가 막히면 어쩌나 하는 걱정에 평소보다 액셀러레이터를 밟아댄 자신의 조급함을 스포츠카인 붕붕이 탓으로 돌렸다.

하지만 그렇게 한참을 투닥거려도 약속 시간은 좀처럼 다가오지 않았다.

"저쪽에 가서 커피나 마셔야겠다."

주변을 두리번거리던 한정훈의 눈에 자그마한 커피숍이

하나 들어왔다.

저곳이라면 사람들의 시선을 피해 시간을 때우기 좋을 것 같았다.

"어서 오세요."

커피숍 안으로 들어가자 아주머니 한 분이 퉁명스럽게 맞았다.

한정훈이 혹시 자신을 알아볼까 싶어 시선을 돌렸지만 아주머니는 주문이 끝날 때까지 별다른 반응을 보이지 않았다.

"야구 안 좋아하시나 보네."

한정훈은 괜히 멋쩍어졌다.

그래서 커피가 나오기 무섭게 부리나케 구석으로 자리를 잡았다.

작은 커피숍이라서인지 몰라도 가게 안에 다른 손님은 없었다.

한정훈은 쓰디쓴 커피를 들이켜며 먼지가 덕지덕지 낀 창문으로 밖을 바라봤다.

점심시간이 지난 시점인데도 길거리에는 오가는 사람들이 넘쳐났다.

"912네."

"오오, 연예인이 와 있나 본데?"

"븅신아, 이거 그렇게 비싼 차 아니거든?"

"그래? 난 또 한 3억 하는 줄 알았지."

"그 정도는 하지 않을까?"

"뭐야, 비싼 차 맞잖아!"

다소 구석진 곳에 세워진 탓일까.

한정훈의 차는 오가는 사람들의 주목을 끌었다.

"그럼그럼. 우리 붕붕이가 때깔이 곱긴 하지."

한정훈은 흐뭇한 눈으로 그 모습을 바라봤다.

비록 바쁘다는 핑계로 주차장에 방치해 놓다시피 한 차였지만 마음만은 새 차나 다름없었다.

그때였다.

"엇!"

한정훈의 눈에 늘씬한 여자가 눈에 들어왔다.

쌀쌀한 날씨에도 불구하고 여성스러움을 포기하지 않은 여자는 오늘 만나기로 한 한지예가 틀림없었다.

"커피도 다 마셨는데 잘됐네."

한정훈은 기다렸다는 듯이 자리에서 일어났다.

한지예도 자신처럼 설레는 마음에 일찍 집을 나섰다고 생각하니 왠지 심장이 두근거렸다.

하지만 애석하게도 한지예는 혼자가 아니었다.

선글라스를 낀 젊은 남자 하나가 다급히 달려와 한지예의 팔을 붙잡은 것이다.

만약 한정훈의 눈썰미가 좋지 않았다면 당장 밖으로 뛰쳐나가서 한지예를 도왔을 것이다.

그러나 한정훈은 선글라스를 낀 사내의 정체를 단번에 알아채 버렸다.

'강지운…….'

불행히도 한지예와 강지운이 최소 썸을 타고 있을 거라는 한정훈의 예상은 맞아떨어졌다.

제법 많은 사람이 오가는 와중에도 격렬하게 실랑이를 벌일 만큼 두 사람의 인연은 결코 가벼워 보이지가 않았다.

불현듯 한정훈의 머릿속으로 과거 떠돌던 한지예의 루머들이 떠올랐다.

순진한 척 굴면서도 젊었을 때 남자를 핸드백처럼 바꾸며 강남 일대를 돌아다녔다는 목격담이 나돌았을 때도 한정훈은 그 말을 곧이곧대로 믿지 않았다.

한지예도 사람인 이상 충분히 연애를 할 수 있다고 여겼다.

게다가 강지운과 오래전부터 비밀 연애를 했으니 그 남자가 강지운일 것이라고 막연히 짐작했다.

그러나 눈앞에 보이는 한지예의 모습은 한정훈의 믿음을 흔들리게 만들었다.

목소리가 들리지는 않았지만 입 모양이나 분위기만 봐도 알 수 있었다.

일방적으로 작별을 고한 한지예. 그런 한지예를 붙잡는 강지운.

음소거가 된 한 편의 막장극이 눈앞에서 펼쳐지고 있었다.

한지예를 설득하지 못한 강지운이 그녀를 붙잡고 억지로 입을 맞추고, 기껏 키스를 받아준 한지예가 나중에 강지운의 뺨을 때리며 돌아서는 부분에서 한정훈은 고개를 돌리고 말았다.

더 이상은 이 기분 더러운 연극을 봐 줄 수가 없었다.

"하아……. 내 이럴 줄 알았다니까. 내 인생에 한지예는 무슨."

한정훈이 무겁게 한숨을 내쉬었다.

한지예를 발견할 때까지만 해도 쿵쾅거렸던 심장은 어느새 싸늘하게 식어버린 상태였다.

한정훈은 약속 시간에 맞춰 커피숍을 나섰다. 그리고 한지예가 기다리고 있는 레스토랑으로 들어갔다.

"한정훈 선수 되시죠? 어머니께 말씀 많이 들었어요."

어느새 화장을 말끔하게 고친 한지예가 요조숙녀처럼 웃으며 한정훈을 반겼다.

하지만 한정훈은 차마 아무렇지도 않게 그녀를 상대할 수가 없었다.

그렇다고 어머니가 주선한 소개팅을 무작정 박차고 나갈 수는 없는 노릇.

"일단 식사부터 하실까요?"

한정훈이 애써 웃으며 예의를 갖췄다.

그리고 한지예와 함께 영화를 보고 차를 마시는 일반적인 데이트 코스를 지나 그녀를 집에 데려다주는 미션까지 성실하게 끝마쳤다.

"진짜 이건 데이트가 아니라 중노동이다, 중노동."

집으로 돌아온 한정훈이 무겁게 한숨을 내쉬었다.

이럴 줄 알았으면 어머니가 서운해하더라도 소개팅을 거절했을 텐데 모두에게 못할 짓을 한 것 같은 기분마저 들었다.

"하아, 한바탕 땀이나 빼야겠다."

한정훈은 옷을 갈아입고 지하 헬스장으로 내려갔다.

기분이 나아질 때까지 운동만 할 생각이라 일부러 핸드폰은 가져가지 않았다.

그런 줄도 모르고 한예지는 한정훈의 환심을 사기 위해 몸부림을 쳐 댔다.

-정훈 씨, 잘 들어가셨어요? 저 때문에 피곤하셨을 텐데, 미안해요.

-정훈 씨, 바쁘세요? 혹시 주무세요?

-많이 피곤하셨구나. 저는 괜찮으니까 잘 자요.

-오늘 고마웠어요.

30분 간격으로 새벽까지 이어졌던 문자를 한정훈이 확인한 건 다음 날 낮이 되어서였다.

하지만 그때는 이미 분위기를 되돌리기 어려운 상황이었다.

-미안합니다. 운동 좀 하느라 못 봤습니다.

-아니에요. 밤새 무슨 운동을 하셨는지는 모르겠지만 저 신경 쓰지 마시고 앞으로도 운동 열심히 하세요.

"그래. 차라리 이런 그림이 낫다."

뭔가 답장을 보내려던 한정훈이 이내 핸드폰을 내려놓았다.

어머니께 뭐라고 말씀드릴까 고민했는데 한지예가 여자로서 자존심을 세워준다면 알아서 잘 해결될 것 같았다.

아니나 다를까.

"아들, 미안해서 어떻게 하지? 지숙이한테 전화가 왔는데 딸이 아나운서 시험이 얼마 안 남아서 연애할 마음이 없다고 그러네? 절대 아들이 마음에 들지 않아서나 그런 거 아니니까 서운해하지 말고."

이틀 후 밑반찬을 들고 찾아온 어머니가 미안함이 가득한 표정을 지어 보였다.

"저도 괜찮아요. 신경 쓰지 마세요."

"우리 아들 내년에 혼자 미국 가는 게 걱정이 되어서 일부러 참한 아가씨 알아본 건데……."

"마음만으로도 감사해요. 근데 결혼한 선배들 봐도 운동선수 내조할 수 있는 여자는 많지 않더라고요. 그러니까 너무 걱정하지 마세요. 언제고 좋은 여자가 나타날 테니까요."

한정훈이 어른스럽게 어머니를 달랬다.

연애하고 싶은 마음이 없다면 거짓말이겠지만 메이저리그가 코앞인 상황에서 굳이 무리를 하면서까지 여자에게 집착할 생각은 없었다.

'조급해하지 말자. 세상은 넓고 여자는 많아.'

한정훈은 상처받은 자신도 다독거렸다.

언제고 좋은 여자가 눈앞에 나타날 거야.

그 서글픈 자기 위로의 말을 몇 번이고 되뇌며 말이다.

62장
마무리는 화려하게 (3)

4

제법 오래갈 것 같았던 데이트 후유증은 금세 사라졌다.
박찬영 대표가 연봉 협상 결과를 알려왔기 때문이다.

-놀라지 마십시오. 구단 측에서 무려 20억을 제안했습니다.

한정훈의 작년 시즌 연봉은 9억.
프로 3년 차 최고 연봉이자 비 FA 선수들 가운데서도 손
꼽히는 연봉이었다.
한정훈의 연봉이 발표되자 일부 구단들은 스톰즈 구단이

한정훈의 기를 살려주기 위해 지나치게 많은 연봉을 안겨준 다며 불만의 목소리를 냈다.

그 속에는 한정훈이 결코 2년 차 때의 성적을 내지 못할 것이라는 확신과 스톰즈가 불필요하게 돈을 지출하고 있다 는 비아냥거림이 담겨 있었다.

하지만 한정훈은 지난 시즌에도 자신의 연봉에 걸맞은 활약을 펼쳤다.

시즌 31승(서부 1위/통합 1위)

평균 자책점 0.44(서부 1위/통합 1위)

탈삼진 399개(서부 1위/통합 1위)

WAR 22.4(서부 1위/통합 1위)

리그 통합 최다 이닝 최다 QS+, 최다 완투, 최다 완봉

퍼펙트게임 1회(개인 1호/KBO 통산 1호)

노히트노런 1회(개인 2호/KBO 통산 14호)

전문가들은 신생팀의 용병 보유 제한이 5명에서 4명으로 줄어든 만큼 스톰즈의 전력이 작년만 못할 것이라고 여겼다.

작년 시즌 한정훈의 뒤를 든든히 받쳐 주었던 마크 레이토 스가 메이저리그로 돌아간 만큼 그의 활약만큼의 성적 저하 는 불가피하다는 것이었다.

작년 마크 레이토스가 기록한 WAR은 3.9였다.

그래서 전문가들은 올 시즌 스톰즈의 예상 승수를 작년보다 5승 정도 낮게 전망한 것이다.

그러나 정작 스톰즈의 올 시즌 성적은 반대로 나왔다. 기존 전력만으로도 작년보다 2승을 더 챙긴 것이다.

그리고 그 결과가 만들어지기까지는 에이스 한정훈의 절대적인 공헌이 있었다.

한정훈의 올 시즌 WAR은 작년보다 4승이 올라 있었다.

올림픽 전까지만 해도 작년과 비슷한 수준이었지만 올림픽에서 돌아온 이후 매 경기 퍼펙트게임을 노릴 정도의 완벽한 구위를 선보이며 WAR을 대폭 끌어올린 것이다.

결과적으로 한정훈이 마크 레이토스의 빈자리를 홀로 메우면서 스톰즈는 다이노스의 추격을 따돌리고 2년 연속 서부리그 정상에 오를 수 있었다.

스톰즈 구단 입장에서는 이 같은 공과를 감안해 협상 테이블에 앉을 때 일찌감치 100퍼센트 인상안을 내놓은 상태였다.

여기에 박차영 대표의 협상 능력이 더해지면서 최종 122퍼센트 인상이 결정된 것이다.

[한정훈, 4년 차 최고 연봉 갱신!]
[한정훈 연봉 20억 사인! KBO 통산 최다 연봉 기록 갈아치워.]

한정훈의 연봉 계약 내용이 발표되자 야구계는 떠들썩해 졌다.

한정훈이 최고 연봉을 갱신할 것이라는 전망은 많았지만 설마하니 단일 시즌 20억을 돌파하리라고는 그 누구도 예상 하지 못한 것이다.

지금까지 프로야구 최고 연봉은 김태윤이 2015년 FA 계약 을 맺으며 받았던 16억이다.

김태윤은 2019년 또다시 이글스와 3+1년 계약을 하며 이 글스에서 은퇴를 선언했지만 최고 연봉 갱신에는 실패했다.

그런데 FA 대박을 친 선수도 아니고 프로 리그에서 3년을 뛴 선수의 몸값으로 20억 원이 책정됐다는 소식에 야구 관계 자들은 앞다투어 우려의 목소리를 늘어놓았다.

"한정훈 선수가 대단한 선수인 건 맞지만 20억이라니요. 이건 터무니없는 금액입니다."

"한정훈 선수가 내년에 메이저리그에 진출하니까 스톰즈 에서 생색을 내 본 것일 수도 있습니다. 다만 다른 구단과 선 수들이 느낄 박탈감을 한 번쯤 고려했으면 하는 아쉬움이 남 습니다."

"솔직히 연봉이라는 게 이전 시즌에 대한 노고의 의미와 새로운 시즌의 활약을 기대하는 의미가 함께 담겨 있거든 요. 그런데 막말로 한정훈 선수는 내년에 태업을 해도 메이 저리그에서 데려갈 거란 말이죠. 그럼 그 피해는 누가 책임

집니까?"

"스톰즈 구단에서 시장 질서를 엉망진창으로 만들고 있습니다. 선수에게 많은 돈을 쥐어주고 싶지 않은 구단이 어디 있습니까? 다들 동업자 정신을 가지고 나름의 규칙 속에서 연봉 인상을 책정하고 있는데 이런 식이면 한두 해 반짝한 선수들에게도 10억을 줘야 할지 모릅니다!"

야구 관계자들의 반발이 거세자 언론들도 덩달아 기사들을 쏟아내며 여론을 조장했다.

오죽했으면 시사 프로그램에서 한정훈의 연봉 논쟁을 다룰 정도였다.

참다못한 스톰즈 구단에서 연봉 고과표까지 공개하며 한정훈의 연봉 인상이 정당했음을 주장했지만 그 논리는 먹혀들지 않았다.

오히려 스톰즈 구단이 안이한 연봉 협상 결과를 정당화시키려 한다는 반발만 커졌다.

┗솔직히 전문가들 말이 틀린 건 아니지.

┗맞아. 올 시즌은 한정훈이 몸 사릴 가능성이 높은데 그러다 팀 성적 떨어지면 어쩌려고? 괜히 먹튀 소리 들을 한정훈도 부담스럽지 않겠냐?

┗상징적으로 18억 정도가 적당했다고 본다. 그럼 다른 구단도 이 정도로 반발하지 않았을 거야.

└18억이나 20억이나. 그냥 니들은 한정훈 까고 싶어서 까는 거잖아. 안 그래?

└이 붕신아, 앞자리 숫자가 다르잖아. 메이저리그도 앞자리 숫자에 민감한 거 모르냐?

└ㅇㅂㅇ 한정훈이 20억 밑으로 받았으면 김태윤 연봉 능가하는 선수가 나오는 데 한참 걸렸을 거다. 하지만 한정훈이 김태윤 연봉을 4억이나 넘겨 버렸으니 아마 머잖아 김태윤보다 많이 달라는 놈들 분명 나올 거다.

말 많은 야구팬들도 연일 한정훈의 연봉을 가지고 입방아를 찧어댔다.

까려고 해도 깔 게 없다던 한정훈에게 깔 거리가 생겼으니 이 기회를 놓치지 않은 것이다.

하지만 메이저리그 사무국과 협회가 포스팅 시스템 개선에 합의하면서 상황이 달라졌다.

└방금 뉴스 봤냐? 포스팅 비용 3,000만 달러로 올린다는 게 뭔 소리냐?

└시팔. 앵커가 대충 말해서 뭔 말인지 모르겠다. 누가 설명 좀 해줘라.

└그게 기존 상한선을 1,000만 달러에서 3,000만 달러로 상향했다는 소리 아니냐?

ㄴ정확하게는 한정훈 한정이다. 그 조건이 최소 3년 이상 리그 MVP를 달성한 선수에 한해서거든.

3년 전 협회와 메이저리그 사무국이 포스팅 비용 상한선으로 1천만 달러를 책정한 것은 한국 프로 선수들의 원활한 메이저리그 진출을 위해서였다.

일본의 절반에 불과하다며 자존심이 상한다는 여론이 일었지만 대부분의 야구 전문가는 나쁘지 않은 수준이라고 평가했다.

일본보다 리그 수준이 낮다는 인식이 지배적인 한국 선수들의 포스팅 상한선을 불필요하게 높여봐야 선수들에게 도움이 되지 않기 때문이었다.

같은 금액의 포스팅 입찰액이 나올 경우 구단 선택권이 선수에게 주어지는 현 포스팅 시스템의 특성상 상한선이 낮으면 낮을수록 선수에게 유리했다.

평생의 꿈인 메이저리그에 도전하는데 그저 많은 포스팅 비용을 낸 구단에 팔려가기보다는 자신을 진정으로 원하고 기회도 보장해 줄 수 있는 구단을 찾아가는 게 가능했기 때문이다.

그런 점에서 협회는 메이저리그 사무국이 제안한 2천만 달러의 포스팅 비용 상한선 이상을 단칼에 거절했다.

실제 2천만 달러의 포스팅 비용을 받은 선수는 류현신이

유일한 상황에서 메이저리그 구단들의 돈 싸움에 선수들이 피해를 입을 수 있다고 판단했기 때문이다.

하지만 메이저리그 사무국에서 수준급 선수에 한해 포스팅 비용을 높이자고 수정안을 제안하면서 별도의 포스팅 상한선이 마련됐다.

국내 프로야구에서 활약한 지 4년 이상이 된 선수 중 3차례 이상 MVP를 받았거나 그에 준하는 활약을 펼쳤다고 인정되는 선수에 한해서, 선수 본인이 원한다면 포스팅 비용을 최대 3천만 달러까지 상향하겠다는 것이다.

ㄴ이건 한정훈밖에 못 해.

ㄴ굳이 따진다면 박병훈 정도나 가능했겠네. 그런데 박병훈도 1,300만 달러 수준 아닌가?

ㄴ박병훈이라면 거절했겠지. 포스팅 비용이 높으면 높을수록 선수 몫이 줄어드는데 미쳤다고 승낙하겠냐?

ㄴ하지만 한정훈이라면 모르지. 솔직히 3천만 달러가 아니라 한 5천만 달러로 높여도 한정훈 잡겠다는 구단은 넘쳐날 테니까. 안 그래?

변경된 포스팅 제도가 2021년부터 적용됨에 따라 최초 수혜자로 한정훈이 지목됐다.

ㄴ난 한정훈 믿는다.

ㄴ한정훈이 스톰즈에 대한 애착이 얼마나 큰데. 그 정도는 해줄 거다.

ㄴ솔직히 스톰즈였으니까 한정훈이 이만큼 큰 거지. 다른 구단이었으면 어림없었어.

ㄴ무슨 말 하고 싶은 건지는 알겠지만 그건 좀 억지 아니냐? 솔까 한정훈이 딴 구단 갔어도 성적은 엇비슷했을 거 같은데?

ㄴ어쨌든 내가 아는 한정훈이라면 스톰즈를 위해 3천만 달러 선택한다. 이건 확실해.

스톰즈 팬들은 한정훈이 스톰즈를 위해 3천만 달러의 포스팅 상한선을 수락하길 바랐다.

비록 한정훈은 떠나지만 한정훈이 남긴 유산을 잘 활용한다면 지금의 성적을 유지할 수 있다는 기대감 때문이었다.

반면 타 구단의 야구팬들은 연봉이 낮아질 수 있다는 이유로 한정훈이 새로 개정된 특별 포스팅을 받아들여서는 안 된다고 입을 모았다.

ㄴ와, 스톰즈 팬들 무섭다. 한정훈 메이저 간다니까 이젠 상품 취급 하네.

ㄴ그러게. 연고지 이전할 때만 해도 영원한 스톰즈의 에이

스니 뭐니 떠들더니. 그저 말만 그랬던 거지?

└한정훈이 미쳤다고 3천만 달러 선택하냐? 그럼 경쟁 구단도 줄어들 테고 그만큼 연봉 많이 받는 것도 어려워질 텐데?

└내 말이. 한정훈 덕분에 2년 연속 트리플 크라운 했으면 고마워해야지. 스톰즈 팬들은 진짜 염치도 없다니까.

한 인터넷 포털 사이트가 마련한 설문 조사에서 응답자의 92퍼센트가 한정훈의 특별 포스팅 제도 반대를 외쳤다.

결과적으로 구단만 배 불리는 꼴이 될 거라는 이유에서였다.

그러나 정작 한정훈은 개막전에 앞서 열린 미디어 데이 행사에서 올해도 팀을 우승으로 이끌어 류현신이 세운 포스팅 최고 금액을 갱신하고 싶다며 특별 포스팅 제도를 선택하겠다는 뜻을 밝혔다.

└크아! 역시 한정훈!

└진짜 한정훈! 사랑한다!

└그래. 정훈아! 네가 천만 달러에 팔려간다는 건 있을 수 없는 일이지. 잘 생각했다!

└한정훈이 3천만 달러면 솔직히 껌값이지. 안 그래?

스톰즈 팬들은 한정훈의 결단에 감격을 금치 못했다.

반면 한정훈의 특별 포스팅 참여를 반대했던 야구팬들은 한정훈이 굴러들어온 복을 발로 걷어찼다며 아쉬움을 감추지 못했다.

야구 전문가들도 스톰즈의 과감한 투자가 결과적으로 한정훈의 특별 포스팅 참여를 이끌었다며 대놓고 비아냥거렸다.

과다 연봉에 부담을 느낀 한정훈의 입장에서 특별 포스팅을 선택할 수밖에 없었다는 것이다.

일부 전문가는 스톰즈가 포스팅 제도 변경을 염두에 두고 일부러 한정훈에게 과한 연봉을 안겼을 거라는 음모론까지 제기했다.

그리고 그 음모론이 시즌 초까지 정설처럼 야구 커뮤니티를 잠식했다.

대부분의 야구 전문가와 야구팬들은 한정훈이 올 시즌 작년만 못한 성적을 거둘 것이라고 단언했다.

거액의 연봉을 받고 팀을 위해 특별 포스팅까지 받아들인 한정훈이 메이저리그 진출 전에 무리를 할 이유가 없다고 판단했기 때문이다.

한정훈이 올해는 새로운 구종을 개발하지 않았다는 점도 한정훈 태업설을 뒷받침하는 근거가 됐다.

프로 데뷔 첫해에 투심과 커터를 장착했고 이듬해 스플리터, 그리고 작년에 J-스플리터에 이르기까지 매년마다 구종을 늘려왔던 한정훈이 이번 전지훈련을 앞두고 신구종 개발은 없다고 선언했기 때문이다.

물론 이미 최정상의 위치에 서 있는 한정훈에게 더 이상의 추가 구종은 필요 없을지 몰랐다.

하지만 반대로 말하자면 추가 구종을 장착할 만큼 열의를 갖지 않는 것처럼 비칠 수 있는 상황이었다.

그러나 한정훈은 마지막이랍시고 슬렁슬렁할 생각이 전혀 없었다.

'일단은 100승부터 채우자.'

작년 시즌까지 한정훈이 달성한 누적 승리는 83승.

100승까지는 17승이 남은 상태였다.

양대 리그로 개편되면서 시즌당 경기 수가 154경기로 늘어났다고는 하지만 한 시즌에 17승을 거둔다는 건 에이스급 투수들에게도 쉽지 않은 일이었다.

각 구단 붙박이 선발투수가 한 시즌에 등판 가능한 경기는 평균 32경기 정도.

그중 노디시전 경기가 30퍼센트 정도 나온다고 가정하면 승리를 챙길 수 있는 경기 수는 22경기에 불과했다.

22경기 중 17승을 하려면 77퍼센트의 승률을 달성해야 했다.

하지만 지난 시즌 10승 이상을 거둔 투수 중 이 기준점을 넘은 선수는 고작 3명에 불과했다.

하지만 한정훈이라면 이야기는 달랐다.

지난 시즌 31경기에 선발 등판해 전승을 거둔 한정훈에게 시즌 17승은 무난하다 못해 부진해 보이는 성적이었다.

−바깥쪽 꽉 찬 스트라이크! 한정훈 선수, 오늘 경기 열 번째 탈삼진을 잡아냅니다.

−허허. 전광판 구속이 165㎞/h가 나왔네요. 개막전이라 아직 날씨가 쌀쌀한데 대단합니다. 나중에 날씨가 풀리면 170㎞/h를 던질지도 모르겠어요.

성남 스톰즈 파크 개막전부터 한정훈은 강속구를 내던지며 자이언츠 타자들을 압도했다.

자이언츠 타자들이 어떻게든 방망이에 맞춰보려고 애를 썼지만 지난 시즌보다 무브먼트가 좋아진 165㎞/h대 포심 패스트볼을 건드리기란 쉽지가 않았다.

게다가 한정훈에게는 빠른 포심 패스트볼만 있는 게 아니었다.

−한정훈 선수, 너클 커브로 초구 스트라이크를 잡아냅니다.

깅민오 선수가 불만스럽게 쳐다보는데요. 내심 빠른 공

을 노린 모양입니다.

　─어린 나이에도 불구하고 타자들과의 수 싸움에 능한 게 한정훈 선수의 또 다른 장점인데요.

　─그렇습니다. 저럴 때 보면 정말 4년 차 투수가 맞나 싶을 정도입니다.

　박경원 감독이 세웠던 단일 시즌 포수 최다 홈런 기록을 갈아치울 만큼 강력한 펀치력을 보유한 강민오에게 한정훈은 3구 연속 변화구를 던지며 스탠딩 삼진을 잡아냈다.

　계속해서 빠른 공에 타이밍을 잡고 있던 강민오는 바깥쪽으로 흘러나가는 변종 체인지업을 지켜만 보다가 물러날 수밖에 없었다.

　뒤이어 타석에 오른 황재윤이 변화구를 노렸지만 한정훈은 언제 그랬냐는 것처럼 163km/h의 포심 패스트볼로 스트라이크를 잡아냈다.

　그런 한정훈의 능구렁이 같은 피칭에 자이언츠는 1안타 무득점 완봉패를 당하고 말았다.

　자이언츠전을 승리로 장식한 한정훈은 이후 다이노스, 와이번스, 라이온스, 스타즈를 차례로 잡아내며 4월에만 5전 전승을 거두었다.

　다이노스전에서 비자책 1실점을 한 걸 제외하고는 5경기에서 단 한 점도 내주지 않았다.

한정훈이 시즌 초반부터 페이스를 끌어올리면서 잠시 주춤했던 스톰즈의 성적도 수직 상승했다.

그 결과 4월 마지막 날 라이온스를 제치고 1위 자리에 오를 수 있었다.

5월의 한정훈은 4월만큼이나 완벽했다.

6경기에 등판해 6승을 거뒀다.

타이거즈와 베어스, 히어로즈, 이글스, 위즈, 트윈스 타선을 연달아 무너뜨리며 평균 자책점 0.00의 행진을 이어갔다.

그리고 올 시즌 처음으로 전 구단 상대 승리투수가 됐다.

6월에도 한정훈의 기세는 이어졌다.

첫 경기부터 동부 리그 1위를 다투던 이글스를 상대로 생에 두 번째 퍼펙트게임을 달성하더니 이어진 자이언츠와의 경기에서는 개인 통산 세 번째 노히트노런까지 추가했다.

이후 세 경기에서 실점을 하면서 평균 자책점 제로가 깨졌지만 마지막 다이노스와의 홈경기를 1피안타 완봉으로 장식하며 시즌 17승째, 대망의 프로 통산 100승을 달성했다.

[한정훈! KBO 통산 최연소 100승 투수!]

[한정훈 최단 시간 100승! 한국 프로야구의 새로운 금자탑 세워!]

언론들은 앞다투어 한정훈의 100승 소식을 전했다.

전문가들도 한정훈이 유종의 미를 거두고 있다며 감탄을

금치 못했다.

　ㄴ이 기사를 다저스가 싫어합니다.
　ㄴ이 기사를 양키즈도 싫어합니다.
　ㄴ이 기사를 레드삭스 역시 싫어합니다.
　ㄴ이 기사를 레인저스라고 좋아하겠냐.
　ㄴ기사 쓴 놈 나와라(자이언츠 구단주).
　ㄴ하아, 이제 화낼 힘도 없다(오리올스 구단주).

　야구팬들도 한정훈의 몸값이 오르는 소리가 들린다며 즐
거워했다.
　아직 네 번째 시즌이 끝나지도 않은 상황에서 100승을 거
두었다.
　5선발 체제가 확립되기 이전이라면 몰라도 현대 야구에서
쉽게 나올 수 없는 경이로운 기록이었다.
　"한정훈 선수, 100승 달성 진심으로 축하드립니다. 혹시
올 시즌 개인적인 목표를 알 수 있을까요?"
　"특별한 목표는 없습니다. 다만 팀이 한국 시리즈 3연패를
이룰 수 있도록 매 경기 최선을 다할 생각입니다."
　100승 기념 인터뷰에서 한정훈은 스톰즈를 한국 시리즈 3
연패로 이끌겠다는 뜻을 밝혔다.
　개인 성적보다는 팀이 우선이라는 뻔한 멘트였지만 언론

들은 앞다투어 한정훈의 인터뷰를 다루며 비중 있게 보도했다.

"스톰즈가 올 시즌에도 한국 시리즈를 제패한다면 타이거즈, 라이온스에 이어 3번째 대기록입니다."

"왕조를 구축했던 유니콘스와 와이번스도 3년 연속 우승은 하지 못했죠. 그 대기록을 스톰즈가 해낸다면, 한정훈 선수의 이름도 한국 야구 역사에 길이 남을 겁니다."

전문가들은 4월 말 이후 여유롭게 서부 리그 선두를 질주하는 스톰즈가 흔들리지 않는다면 3연패도 가능하다는 의견을 내놓았다.

올 시즌 이후 메이저리그로 떠나는 에이스 한정훈이 들뜨지 않고 중심을 확실히 잡아주면서 팀 전체가 상승세를 타고 있다는 분석이었다.

물론 한정훈의 활약이 시즌 막판까지 이어지기는 어려울 거라는 의견도 없지 않았다.

시즌 초반부터 뜨겁게 불타오른 후유증이 시즌 후반에 나타나면서 메이저리그 진출에 악영향을 미칠 것이라는 예상도 심심찮게 눈에 띄었다.

└한정훈 요새 좀 지친 거 같지 않냐?
└맞아, 확실히 먹튀 소리 안 들으려고 무리하는 듯.
└이닝 2위하고 차이가 20이닝이 넘는다. 이 정도면 거의

혹사 수준이야.

ㄴ한정훈 체력 좋은 건 알고 있지만 그래도 무리할 필요는 없지 않아? 말년에는 떨어지는 낙엽도 조심하라고 했는데 말이야.

일부 야구팬들은 한정훈이 영악해질 필요가 있다고 꼬집었다.

본 게임이 코앞인데 연습 경기에서 지나치게 힘을 빼고 있다는 지적이었다.

그러나 정작 한정훈은 체력적으로 아무런 문제가 없었다. 게다가 부상을 당했던 어깨 상태도 양호했다.

경기가 끝날 때마다 김미영을 비롯한 한정훈 전담 의료팀이 달려들어서 몸 상태를 면밀하게 체크하며 관리하고 있기 때문이었다.

"어깨는 좀 어때?"

"오늘 경기는 투구 수가 좀 적어서 버틸 만해요."

"다행이네. 지난겨울에 어깨 강화 훈련을 한 보람이 있지?"

"으휴, 알았으니까 생색 좀 그만 내요."

"생색이 아니라 앞으로 이 누나 말 잘 들으라고 하는 소리야."

고등학교 1학년 때 시작된 인연으로 김미영은 베이스 볼 61을 떠나 한정훈을 전담하게 됐다.

한정훈도 메이저리그 진출 시 김미영을 꼭 데려가겠다며 그녀를 향한 강한 신뢰를 보여주었다.

덕분에 재발하기 쉽다던 어깨 부상은 완치가 된 상태였다.

지난번에 퍼펙트게임과 노히트 노런을 연달아 했을 때처럼 지나치게 연투하다 보면 어깨가 다소 무거워지긴 했지만 그건 모든 선발투수가 감내해야 할 부분이었다.

전반기 최종전까지 승리를 챙긴 한정훈은 올스타전 최다 득표의 영예를 차지하며 4년 연속 서부 팀 선발투수로 올스타전에 섰다.

그리고 3이닝 동안 9타자를 전부 삼진으로 돌려세우는 피칭을 선보인 끝에 생애 처음으로 올스타전 MVP에 뽑혔다.

"이건 진짜 가지고 싶었는데……."

집에 돌아온 한정훈은 올스타전 MVP 트로피를 진열장 한가운데에 전시해 두었다.

어찌 본다면 이벤트 대회에서 장기자랑으로 받은 상이나 마찬가지였지만 한정훈은 날이 새도록 트로피에서 눈을 떼지 못했다.

올스타전의 특성상 길어야 2이닝 이상 던지지 않는 투수보다는 결승타를 때린 타자가 MVP를 수상할 가능성이 높았다.

실제로 39번의 올스타전에서 투수가 MVP를 차지한 경우는 단 두 번뿐이었다.

특히나 12구단 체제가 되면서 올스타전에 선발되는 투수가 더 많아졌다.

그래서 한정훈도 지금껏 다른 타자들이 MVP 트로피를 손에 넣는 걸 부러운 눈으로 바라볼 수밖에 없었다.

하지만 메이저리그로 떠나는 한정훈을 배려한 로이스터 감독이 욕먹을 각오로 3이닝을 밀어준 덕분에 한정훈은 그토록 바라던 올스타전 MVP 트로피를 손에 넣을 수 있게 됐다.

"아이고, 요즘 통 신경을 안 썼더니 먼지가 잔뜩 꼈네."

진열장을 닫으려다 구석에 낀 먼지를 발견한 한정훈은 때아닌 청소를 시작했다.

넓은 진열장을 반쯤 채운 트로피들을 조심스럽게 빼낸 뒤에 젖은 수건으로 진열장의 먼지들을 깨끗이 닦아냈다.

한정훈은 큼지막한 트로피들부터 차례대로 진열장에 집어넣었다.

그러다 작고 낡은 트로피를 발견하고는 잠시 회상에 잠겼다.

봉황기 최우수 투수상 한정훈

생긴 건 볼품없지만 지금의 한정훈을 있게 만들어준 은인 같은 트로피였다.

"그러고 보니 감독님하고 통화한 지도 오래됐네. 이럴 게 아니라 내일 한 번 찾아뵈어야겠다."

한정훈은 다음 날 일찍 모교인 동명고등학교를 찾았다.

"우앗! 한정훈 선배님이다!"

"진짜야! 진짜가 나타났어!"

한정훈의 등장에 한창 훈련에 열중이던 운동장이 아수라장으로 변했다.

덕분에 한정훈은 오랜만에 강혁 감독의 핀잔을 들어야 했다.

"오려면 미리 말이라도 하고 오지, 이 녀석아."

"연락드리면 훈련에 방해된다고 오지 말라고 하실 거잖아요."

"그래서 대놓고 훈련을 방해한 거냐?"

"대신 일일 코치 확실하게 하고 갈게요."

"우리 애들 가르치는 건 비싸다."

"네네, 어련하시려고요."

MVP를 3연패 한 최고의 투수가 일일 코치를 하겠다는데 강의료를 내놓으라는 말도 안 되는 요구에도 한정훈은 군말 없이 차 안에서 야구용품들을 한가득 꺼내어 강혁 감독에게 넘겨주었다.

그 물량이 제법 되자 강혁은 그제야 씩 웃고는 한발 뒤로 물러서 주었다.

"자, 오랜만에 왔으니까 우리 후배님들 실력 좀 볼까?"

한정훈은 늦게까지 선수들과 어울리며 즐거운 시간을 보냈다.

그렇게 메이저리그로 떠나기 전 또 하나의 추억이 만들어졌다.

올스타 브레이크가 끝나고 다시 후반기 일정이 시작되기가 무섭게 장마가 찾아왔다.

"하아, 이놈의 비는 진짜 나 등판할 때마다 내리냐."

"지긋지긋하다. 진짜. 비 와도 경기하는 히어로즈가 부러워."

올해도 반복되는 잦은 우천순연으로 인해 선수들의 컨디션은 바닥까지 떨어졌다.

하지만 2020년 기록을 뛰어넘는 걸 개인적인 목표로 삼은 한정훈은 우천으로 들쑥날쑥한 경기 일정 속에서도 컨디션 조절을 확실히 하며 흔들림 없는 피칭을 이어 나갔다.

덕분에 올스타 브레이크 대란이라 불리는 대규모 순위 변동 속에서도 스톰즈는 꿋꿋이 리그 1위 자리를 지켜 나갔다.

그렇게 길고 길었던 2021 시즌 페넌트 레이스가 끝이 났다.

63장
포스팅(1)

1

전문가들은 해마다 스톰즈의 우승 가능성을 낮게 보았다.

에이스인 한정훈에게 지나치게 의지한다는 이유 때문이었다.

"한정훈 선수가 작년만큼의 활약을 해준다는 보장이 없으니까요. 메이저리그 진출을 앞둔 만큼 작년 정도는 힘들지 않을까 싶습니다."

"제 생각도 같습니다. 냉정하게 말 해 스톰즈에서 한정훈 선수를 뺀다면 솔직히 우승 전력이라 말하기 어렵거든요."

"지난 두 시즌 동안 우승을 한 만큼 포스트시즌에는 진출하겠지만 리그 3연패는 장담하기 어렵습니다."

"결국 한정훈 선수가 얼마만큼 해주느냐에 달렸다고 봅니다."

엉터리라는 야구팬들의 비아냥거림 속에서도 대부분의 전문가는 시즌 초 스톰즈를 3위권 전력으로 보았다.

이렇다 할 선수 영입이 없는 스톰즈와 달리 리그 경쟁 팀들이 앞다투어 선수 수혈에 나섰기 때문이다.

그러나 한정훈이 또다시 전문가들의 예상을 뛰어넘는 맹활약을 펼치며 스톰즈는 3시즌 연속 서부 리그 왕좌에 올랐다.

서부 리그 2위는 리빌딩에 성공한 라이온스가 차지했다.

3위는 절치부심 반등을 노리던 베어스의 몫이었다.

스톰즈의 뒤를 바짝 추격하던 다이노스는 라이온스, 베어스와의 8연전에서 충격의 1승 7패를 거두며 4위로 추락, 양대 리그제가 시작된 이후 처음으로 포스트시즌에서 탈락하는 아픔을 맛보아야 했다.

동부 리그에서는 이글스와 와이번스의 각축전이 될 것이라던 예상을 깨고 타이거즈가 1위에 오르는 이변을 연출했다.

작년의 상승세가 일시적인 게 아니라는 걸 증명하듯 투타 밸런스가 더욱 짜임새 있어지면서 와이번스와 이글스, 트윈스와의 경쟁에서 승리를 거둔 것이다.

타이거즈에 이어 잠시 포스트시즌에서 이탈했던 이글스가

동부 리그 2위 자리에 복귀했다.

그리고 최종전에서 와이번스를 반 게임 차로 밀어낸 트윈스가 최저 승률로 포스트시즌 막차를 탔다.

포스트시즌 단골손님인 와이번스와 다이노스가 탈락한 가운데 이글스 대 트윈스, 라이온스 대 베어스 간의 플레이오프가 시작됐다.

이글스는 한 수 위의 전력을 자랑하며 트윈스를 시리즈 스코어 3 대 0으로 눌렀다.

베어스는 라이온스에게 첫 경기와 두 번째 경기를 내줬지만 이후 세 경기를 연달아 잡아내며 시리즈 스코어 3 대 2로 리버스 스윕에 성공했다.

타이거즈와 이글스의 맞대결로 치러진 동부 리그 챔피언십 시리즈는 5차전까지 가는 접전 끝에 타이거즈가 승리를 거두었다.

토종 에이스 양현중이 2차전에 이어 5차전에서도 팀을 구하며 시리즈 MVP에 올랐다.

반면 3년 만에 우승을 노리던 이글스는 믿었던 타선의 침묵 속에 분루를 삼켜야 했다.

스톰즈와 베어스의 서부 리그 챔피언십 시리즈는 싱겁게 끝이 났다.

시리즈 스토어 3 대 0.

스톰즈의 완승이었다.

애당초 스톰즈는 부담이 없었다. 한정훈이 1차전과 4차전에 예정이 되어 있었기 때문에 남은 세 경기 중 한 경기만 이겨도 3년 연속 한국 시리즈 진출이 가능했다.

반면 베어스는 한정훈이 등판하지 않는 남은 3경기를 전부 이겨야 하는 부담감이 큰 상태였다.

"1차전은 버리고 2차전과 3차전에 올인한다."

베어스 김태영 감독은 포스트시즌에서 스톰즈를 상대한 다른 구단들처럼 한정훈과의 맞대결을 피했다.

압도적인 시즌 성적은 둘째 치고 포스트시즌에서 절대적으로 강한 모습을 보이는 한정훈을 이겨보겠다고 덤벼봐야 가망이 없다고 판단한 것이다.

그 과정에서 선발 로테이션이 꼬여 버렸지만 김태영 감독은 한국 시리즈 진출을 위해 어쩔 수 없는 선택이라고 둘러댔다.

베어스 팬들도 한정훈이 버티는 스톰즈를 이기려면 정상적인 방법으로는 불가능하다며 김태영 감독을 두둔했다. 하지만 애석하게도 결과가 좋지 못했다.

1차전에서 한정훈과 맞붙었던 임시 선발은 3이닝을 버티지 못하고 5실점으로 무너졌지만 김태영 감독과 베어스 팬들은 좌절하지 않았다.

2차전과 3차전에 베어스의 포스트시즌 진출을 이끌었던 용병 듀오가 출전하는 만큼 반등의 여지는 남아 있다고 여졌다.

그러나 믿었던 용병 듀오가 퀄리티스타트조차 거두지 못하고 무너지면서 팬들이 염원하던 하극상 시리즈는 수포로 돌아가고 말았다.

챔피언십 시리즈를 3차전에서 끝내고 충분히 휴식을 취한 스톰즈의 상대로 타이거즈가 결정되면서 전문가들은 스톰즈의 우세를 점쳤다.

선발투수진이 탄탄한 걸 제외하고 타이거즈가 스톰즈보다 우위에 있는 부분이 없었기 때문이다.

"한정훈 선수가 1차전과 4차전에 등판한다면 4 대 0, 1차전과 5차전에 등판한다면 4 대 1 스톰즈 승리를 예상합니다."

"타이거즈도 저력이 있는데 4 대 2까지는 가겠죠. 하지만 7차전까진 안 갈 것 같습니다. 한정훈 선수가 2승을 챙겨줄 테니까요."

전문가들은 한정훈이 한국 시리즈에서 2승을 거둘 것이라는 점에 대해서는 이견을 보이지 않았다.

KBO를 통틀어 전무후무한 시즌을 보낸 데 이어 포스트시즌에서도 완벽투를 이어가는 한정훈이 타이거즈의 빈약한 방망이에 뚫릴 거란 생각은 눈곱만큼도 들지 않았다.

로이스터 감독도 시리즈 스코어를 묻는 기자들의 질문에 4 대 0이라며 호기롭게 대답했다.

그 때문에 열이 받은 김인태 감독과 언쟁이 벌어졌지만 결과적으로 타이거즈를 4 대 0으로 스윕하면서 자신의 말을 지켰다.

한정훈은 1차전과 4차전에 등판해 2승을 챙기고 통산 세 번째 한국 시리즈 MVP에 올랐다.

그리고 그 소식이 곧장 미국으로 전해졌다.

2

"드디어 올 게 오는군."

뉴스를 바라보던 존 다니엘 레인저스 단장이 의미심장한 표정을 지었다.

한국 시리즈의 우승팀이 결정되면서 한국의 프로야구 시즌이 끝이 났다.

아시아 시리즈라는 이벤트성 대회가 남아 있긴 했지만 한정훈을 메이저리그로 데려오기 위한 작업을 진행하는 데는 아무런 걸림돌이 없었다.

"신분 요청서는 언제쯤 보내는 거지?"

"준비는 끝난 것으로 알고 있습니다. 아마 일주일 이내에 한국 협회 측에 전달되지 않을까 싶습니다."

"일주일, 일주일이라……."

존 다니엘 단장이 습관처럼 책상을 두드렸다. 그러고는 보좌역인 스티븐 콜먼과 피터 제이슨을 호출했다.

잠시 후. 스티븐 콜먼과 피터 제이슨이 사무실 안으로 들어왔다.

존 다니엘 단장이 부를 것이라 예상했던지 그들의 손에는 제법 두툼한 자료들이 들려 있었다.

"한정훈의 포스팅에 참가할 구단은 몇이나 될 것 같습니까?"

존 다니엘 단장이 단도직입적으로 물었다.

과거 포스팅 상한선이 1천만 달러였을 때만 해도 메이저리그 전 구단이 포스팅에 참여할 태세였다.

하지만 한정훈이 특별 포스팅 제도를 신청하고 상한선이 3천만 달러로 높아진 만큼 재정 사정이 열악한 구단들은 제 풀에 알아서 떨어져 나갈 것이라 기대했다.

현실적으로 3천만 달러의 포스팅 비용을 감당할 수 있는 구단은 10개 구단 정도.

한정훈에 대한 관심을 고려하더라도 15개 구단이 한계였다.

그리고 그 정도는 정리가 되어야 제대로 된 경쟁이 이루어질 것이라 여겼다.

하지만 실제 분위기는 존 다니엘 단장의 예상과 전혀 다르게 흘러갔다.

"그게…… 아직까지 한정훈 포스팅을 포기하겠다는 구단은 없어 보입니다."

존 다니엘 단장의 시선을 받은 스티븐 콜먼이 조심스럽게 말했다.

그 역시도 당혹스러워 몇 번이고 확인을 해봤지만 3천만 달러가 부담스러워 포스팅을 포기하겠다는 구단은 나오지 않은 상태였다.

"팬들의 반발이 클 테니 아마 형식적으로나마 포스팅에 참여하려고 하는 모양입니다."

피터 제이슨이 대신해 사정을 설명했다.

올 시즌, 아니, 메이저리그 전체를 통틀어 최대어로 불리는 한정훈을 협상조차 해보지 않고 돈 몇 푼 때문에 포기했다간 팬들이 들고 일어날 게 뻔했다.

그렇다 보니 한정훈을 영입할 가능성이 낮다고 평가되는 구단들조차 포스팅을 포기하지 못하고 있었다.

"하아, 이럴 줄 알았으면 그때 5천만 달러로 올려 버렸을 텐데……."

존 다니엘 단장이 불만스럽게 중얼거렸다.

당초 빅 마켓 구단에서 한정훈의 특별 포스팅 비용으로 제안했던 건 5천만 달러였다.

레인저스가 다르비스 유를 데려오기 위해 응찰했던 5,170만 달러에 준하는 정도는 되어야 한다고 판단한 것이다.

그러나 스몰 마켓 구단들이 한목소리로 반대하면서 상한선이 3천만 달러까지 낮아졌다.

덕분에 30 대 1의 경쟁률은 조금도 달라지지 않고 있었다.

하지만 메이저리그 구단들이 한정훈을 포기하지 않은 건 단순히 낮은 포스팅 상한선 때문만은 아니었다.

"한정훈은 메이저리그 톱클래스급 투수입니다. 소화 능력이 없는 구단들 입장에서도 일단은 한 번 삼켜보고 싶을 겁니다."

"돈 많은 투자자들이 한정훈을 빌미로 적극적으로 지갑을 연다는 소문도 적지 않습니다. 이미 하드뱅크에서 어슬레틱스를 공개적으로 지원해 주고 있지 않습니까?"

한미 올스타전과 올림픽을 통해 한정훈의 실력은 충분히 입증이 됐다.

이제 그 누구도 메이저리그 적응을 운운하며 한정훈의 실력을 깎아내리지 않았다.

미국 콕스 TV에서 조사한 바에 따르면 메이저리그 단장 전원이 한정훈의 데뷔 시즌 성적으로 18승 이상을 예상할 정도였다.

게다가 한정훈은 스타성도 갖추고 있었다.

최고 구속 167km/h의 포심 패스트볼을 던지는 실력 앞에서 아시아 선수라는 편견 따위는 사라진 지 오래였다.

한정훈의 포스팅이 가까워짐에 따라 대부분의 구단에서 한정훈 영입과 관련한 자체 설문 조사를 실시했다.

레인저스도 마찬가지였다. 홈페이지를 통해 한정훈과 관련한 3가지 질문을 올렸다.

한정훈의 영입을 원하느냐는 기본적인 질문에 95퍼센트의 팬들이 절대적으로 그렇다고 답했다.

나머지 팬들도 한정훈이 레인저스에 오길 희망한다고 대답했다.

한정훈의 영입을 반대하는 수는 1퍼센트에도 미치지 못했다.

구단에서 한정훈을 영입할 경우 시즌 티켓 값이 올라도 상관없느냐는 민감한 질문에도 75퍼센트의 팬들이 긍정적인 반응을 보였다.

한정훈 덕분에 레인저스의 오랜 염원인 월드 시리즈 우승이 가능해진다면 시즌 티켓이 두 배, 아니, 세 배로 뛰어도 상관없다는 열성적인 팬들도 나올 정도였다.

마지막으로 한정훈을 영입한다면 시즌 티켓을 절대적으로 구매하겠다는 응답자도 90퍼센트에 달했다.

그리고 레인저스와 비슷한 유형의 질문을 게재한 다른 구단 역시 비슷한 결과를 받은 상태였다.

메이저리그 팬들에게 있어서 한정훈은 더 이상 아시아 선수도 아니고 빠른 공을 던지는 젊은 유망주 투수도 아니었다.

국적을 떠나 내년부터 메이저리그를 씹어 먹을 준비가 된 최고의 투수였다.

그런 투수가 자신이 응원하는 팀의 유니폼을 입는다는데 시즌 티켓 구매를 망설일 팬은 거의 없다시피 했다.

"하아, 결국 진흙탕 싸움이 되겠군요."

존 다니엘 단장이 무겁게 한숨을 내쉬었다.

어느 정도 계산이 서는 빅 마켓 구단들과는 달리 스몰 마켓 구단들은 수단과 방법을 가리지 않고 한정훈의 환심을 사려들 게 뻔했다.

그런 스몰 마켓 구단들의 분탕질이 한정훈 영입 전쟁에 악영향을 미칠 가능성이 높다는 사실이 존 다니엘 단장의 가슴을 무겁게 짓눌렀다.

같은 시각.

"드디어 총성이 울렸군."

어슬레틱스의 사장 빌리 벤도 한정훈의 한국 시리즈 MVP 소식을 전하는 뉴스에서 눈을 떼지 못하고 있었다.

그러자 데이비드 포스틴 단장이 의욕적인 얼굴로 입을 열었다.

"이제부터 전력 질주를 해야 할 때로군요."

데이비드 포스틴 단장은 한정훈 쟁탈전의 총성이 울렸다는 빌리 벤의 표현을 100미터 달리기로 받아들였다.

목표인 한정훈을 위해 어느 팀이 더 빨리 도착하느냐에 따라 이번 쟁탈전의 결과가 나올 것이라고 여겼다.

하지만 빌리 벤 사장의 생각은 달랐다.

"우린 스프린터가 아냐. 마라토너지."

불과 몇 개월 전까지만 하더라도 어슬레틱스는 데이비드 포스틴 단장의 말처럼 경쟁 구단보다 일찍 한정훈의 마음을 사로잡기 위해 노력해야 하는 상황이었다.

소위 빅 마켓 구단들이 나서서 판을 키우고 흔들기 전에 한정훈을 먼저 찾아가 구단의 신념과 한정훈에 대한 필요성, 진실함 등을 전달해야 그나마 고려 대상군에라도 포함될 수 있었기 때문이다.

그러나 하드뱅크라는 든든한 지원군이 생긴 지금은 달랐다.

이제는 빅 마켓 구단이 돈 보따리를 풀어도 맞불을 놓을 수 있을 만큼 충분한 실탄이 확보된 상태였다.

그렇다고 해서 성격 급한 빅 마켓 구단들처럼 무작정 돈으로만 문제를 해결할 생각은 없었다.

한정훈이라는 거물을 영입하기 위해서 어느 정도 출혈은 감수해야겠지만 그 피해를 최소화할 생각이었다.

빌리 벤 사장은 그런 운영 철학이야말로 수많은 구단 중 하드뱅크가 자신과 어슬레틱스를 고른 이유라고 확신했다.

"어쨌든 다저스와의 경쟁은 피할 수 없게 됐네요."

데이비드 포스틴 단장이 피식 웃었다.

한정훈을 영입하려는 빅 마켓 구단은 많았지만 데이비드 포스틴 단장은 그중에서도 다저스를 가장 위험한 경쟁자로 꼽는 데 주저하지 않았다.

이유는 간단했다.

거대한 한인 마켓과 친아시아적인 분위기, 그리고 빌리 벤에 버금간다고 평가받는 앤디 프리드먼 사장의 존재까지.

데이비드 포스틴 단장뿐만 아니라 여러 메이저리그 구단 관계자들로부터 한정훈을 영입할 수 있는 가장 우수한 조건을 갖추고 있다고 평가받고 있었다.

"다저스는 쇼타나 데려가라고 해."

다저스 이야기가 나오자 빌리 벤 단장이 퉁명스럽게 굴었다.

류현신과 마에다 켄타라는 수준급 아시아 투수들을 보유한 다저스에서 한정훈에게 눈독을 들인다는 건 욕심이나 다름없었다.

"하리모토 쇼타는 좌완이잖아요. 좌우 밸런스를 위해서라도 우완인 한정훈을 더 원하겠죠."

데이비드 포스틴 단장이 짓궂게 말했다. 냉정하게 말해 좌완인 클레이튼 커셔와 류현신, 우완 마에다 켄타가 버티는 다저스에 어울리는 건 우완 한정훈이지 좌완 하리모토 쇼타가 아니었다.

그러나 빌리 벤 사장은 말을 번복할 마음이 눈곱만큼도 없었다.

돈 많은 다저스의 사장이 됐으면서 합리적인 운영을 추구한다고 지껄여 대는 앤디 프리드먼 사장과 관련된 일이라면 더더욱 말이다.

"프리드먼은 한정훈의 진짜 가치를 전혀 모를걸? 그에게는 그저 유니폼을 많이 팔아줄 아시아 투수가 필요할 뿐이라고. 그럼 쇼타로 충분하잖아. 안 그래?"

빌리 벤 사장이 보란 듯이 비아냥거렸다.

선수를 영입하면서 유니폼 판매량까지 따지고 드는 앤디 프리드먼 사장의 계산적인 모습이 마음에 들지 않은 것이다.

하지만 그 과정에서 애꿎게 하리모토 쇼타만 도매금 선수로 오르내리는 모양새였다.

"빌리, 좀 진정해요. 만에 하나 한정훈을 놓치면 하리모토 쇼타라도 데려와야 한다고요."

데이비드 포스틴 단장이 빌리 벤 사장을 달랬다.

하필 이 시기에 메이저리그에 도전장을 내서 그렇지 하리모토 쇼타도 메이저리그 FA 랭킹 4위로 평가받고 있었다.

만약 한정훈을 다른 빅 마켓 구단에 빼앗기게 된다면 어슬레틱스의 다음 목표는 하리모토 쇼타가 될 수밖에 없었다.

하드뱅크의 지원을 받으려면 올 시즌 수준급 아시아 투수를 1명 이상 영입해서 팀을 메이저리그 정상으로 올려놓아야 하기 때문이었다.

그러나 빌리 벤 사장은 하리모토 쇼타를 한정훈의 대안이라고 생각해 본 적이 없었다.

"데이비드, 한정훈에 대한 최종 평가 보고서를 읽긴 한 거야? 그걸 읽고도 한정훈과 하리모토 쇼타를 같은 투수로 보고 있는 거야?"

빌리 벤 사장이 보란 듯이 미간을 찌푸렸다.

데이비드 포스틴 단장이 멋쩍게 웃었지만 빌리 벤 사장의 굳은 얼굴은 좀처럼 풀어지지가 않았다.

"빌리, 나도 한정훈이 하리모토 쇼타보다 더 훌륭한 투수라는 점은 동의해요. 하지만 하리모토 쇼타도 메이저리그에서 15승 이상을 거둘 수 있는 선수예요."

데이비드 포스틴 단장은 하리모토 쇼타의 가치가 무시할 수준은 아니라고 말했다.

하리모토 쇼타는 일본에 머무는 4년간 67승과 767개의 탈삼진, 그리고 평균 자책점 1.98을 기록했다.

거기에 최고 구속 101mile/h(≒162.5km/h)의 포심 패스트볼을 자랑하는 좌완 파이어볼러라는 장점까지 가지고 있었다.

이 정도 투수라면 정말 지옥에 가서라도 데려와야 할 정도로 귀한 존재였다.

매체마다 다소 차이는 있지만 FA 랭킹에서 5위 밖으로 벗어나지 않은 것도 하리모토 쇼타의 능력과 성공 가능성을 인정한 것이나 다름없었다.

물론 빌리 벤 사장도 하리모토 쇼타가 좋은 투수라는 점에 대해서는 동의했다.

투고타저 현상이 몇 년째 이어지는 일본 리그이지만 하리모토 쇼타 정도의 실력을 갖춘 선수는 한 손에 꼽힐 정도였다.

게다가 체격 조건도 좋고 공이 빠르며 구종도 다양했다.

데이비드 포스틴 단장의 말처럼 메이저리그에 잘 적응한다면 15승 이상을 거둘 가능성도 충분해 보였다.

하지만 그 정도 실력으로는 어슬레틱스의 진정한 에이스가 되기 어려웠다.

어슬레틱스는 레인저스, 매리너스, 에인젤스, 애스트로스와 같은 지구에 속해 있다.

그중 매리너스와 레인저스는 쇼타와 같은 일본 출신 투수를 에이스로 내세우고 있었다.

매리너스의 에이스 오타니 쇼헤.

레인저스의 에이스 다르비스 류.

이 둘과 비교를 했을 때 하리모토 쇼타의 장점은 젊다는 것 하나뿐이었다.

다르비스 류처럼 노련하게 경기 운영을 하는 스타일도 아니고 오타니 쇼헤처럼 구위로 타자들을 찍어 누르지도 못했다.

그럼에도 불구하고 하리모토 쇼타의 몸값은 상당히 높은 편이었다.

5년 계약 기준 총액 1억 3천만 달러.

2천만 달러의 포스팅 비용까지 감안한다면 연평균 3천만 달러를 지출하는 셈이었다.

연봉 4천만 달러 시대가 열리며 적잖은 선수가 3천만 달러 이상의 몸값을 자랑하고 있다지만 연평균 10승 수준의 기대치를 가진 투수에게 3천만 달러는 확실히 미친 짓이었다.

하리모토 쇼타가 젊고 좌완 파이어볼러라 해도 마찬가지였다.

전문가들 역시 하리모토 쇼타가 메이저리그에 적응할 것이라는 전망은 하고 있지만 정작 데뷔 시즌 기대 성적은 그리 높게 잡지 않았다.

최소 1, 2년 정도 적응기가 필요하다고 내다본 것이다.

반면 한정훈은 달랐다.

하리모토 쇼타보다 2배 이상 높은 몸값을 자랑하지만 감히 그의 성공을 부정하거나 의심하는 메이저리그 관계자들은 없다시피 했다.

전문가들의 기대 승수도 엄청났다.

최소 18승.

그리고 1점대 중반의 평균 자책점.

이 정도면 내년 시즌 신인왕은 물론 사이영상 후보로도 손색이 없었다.

한 살 터울의 아시아 선수임에도 불구하고 한정훈과 하리모토 쇼타의 평가가 극명하게 다른 이유는 간단했다.

한정훈은 자신이 메이저리그에서 통한다는 것을 보여준 반면 하리모토 쇼타는 그걸 입증해야 하는 과정이 남아 있기 때문이었다.

한정훈이 몬스터급 데뷔 시즌을 보낸 이후로 메이저리그 관계자들은 한정훈의 실력을 절대 평가할 기준점이 없다며 난색을 드러냈다.

한정훈이 2년 차 때 더 좋은 모습을 보였지만 한국과 메이저리그는 다르다며 평가 절하하는 이가 대부분이었다.

그러나 한정훈이 한미 올스타전에서 퍼펙트급 피칭을 선보이고 이듬해 올림픽에서 한국을 우승으로 이끌면서 상황이 달라졌다.

메이저리그에 데뷔하지는 않았지만 메이저리그에서 충분히 통하다 못해 메이저리그를 압도할 만한 경기력을 두 눈으로 확인했기 때문이다.

자연스럽게 한정훈에 대한 기대치도 높아졌다.

프로 데뷔 전까지 메이저리그 스카우터들은 한정훈을 최대 3선발급 투수로 봤다.

빅 마켓이나 선수층이 두터운 구단 기준으로는 4선발급.

기대 승수는 최대 10승 정도였다.

이때까지는 마이너리그 특급 유망주들과 한정훈을 동급으로 보는 시선이 많았다.

그러나 한정훈이 프로에 데뷔하고 몬스터급 시즌을 보내면서 스카우터들의 평가는 3선발급으로 상향 조정됐다.

구단을 막론하고 원투 펀치 다음을 받쳐 줄 만한 투수로 손색이 없다는 이야기였다.

기대 승수도 최대 10승에서 연평균 10승으로 상향 조정
됐다.

일부 언론에서는 최대 15승까지도 가능하다는 전망을 내
놓았다.

한정훈이 프로 2년 차 때 팀을 우승으로 이끌고 한미 올스
타전에서 맹활약하자 한정훈에 대한 평가는 수직 상승했다.

최소 2선발.

투수력이 약한 구단 기준으로는 에이스급 재목이라는 보
고서들이 쏟아졌다.

지금 당장 메이저리그에 진출한다 하더라도 연평균 15승
은 가능할 거라는 예상이 주를 이뤘다.

그리고 한정훈이 이듬해 올림픽에서 165㎞/h의 포심 패스
트볼을 선보이자 스카우터들은 앞다투어 평가 불가를 선언
했다.

한정훈이 메이저리그에서 성공할지에 대해 이리저리 따진
다는 것 자체가 무의미해졌다는 소리였다.

이미 작년 시즌 말부터 한정훈의 기대 승수는 최소 18승
수준이었다.

그 평가가 올 시즌까지 이어지고 있는 것은 한정훈의 실력
이 늘지 않아서가 결코 아니었다.

한정훈의 실력을 추가적으로 확인할 별도의 국제 대회가

없어서였다.

빌리 벤 사장은 내심 한정훈이 어느 구단에 가더라도 1점대 초반의 평균 자책점과 20승 이상은 해줄 것이라고 내다봤다.

타격이 형편없는 팀에 가서 에이스 노릇을 해야 한다면 승수는 다소 줄어들 수 있겠지만 평균 자책점만큼은 유지할 것이라고 확신했다.

내년에 바로 사이영상급 성적을 내줄 확실한 투수.

내년에 메이저리그 적응이 필요할 것으로 보이는 재능 있는 투수.

이 두 투수를 동일 선상에 놓고 비교한다는 거 자체가 정신 나간 짓이었다.

이건 사이영상을 네 번이나 차지한 클레이튼 커셔와 마이너리그 유망주로 평가받는 신인을 한데 묶는 짓이나 다름없었다.

그러나 데이비드 포스틴 단장은 하리모토 쇼타의 성장 가능성은 무시할 수 없다고 반박했다.

"4년 전 청소년 야구 선수권 대회 때의 보고서에 따르면 한정훈과 하리모토 쇼타의 성장 가능성은 동급이었습니다. 오히려 신체조건상 하리모토 쇼타가 가산점을 더 받았죠. 그걸 잊으시면 곤란합니다."

2017년 캐나다 썬더베이에서 열린 세계 청소년 야구 선수권 대회에서 스카우터들은 한정훈만큼이나 하리모토 쇼타를 높이 평가했다.

좌완이고 키가 크며 다양한 변화구를 구사한다는 점이 주목을 끈 것이다.

세계 청소년 야구 선수권 대회 당시 한정훈이 보유하고 있던 구종은 포심 패스트볼과 체인지업, 크게 두 가지였다.

반면 하리모토 쇼타는 그때부터 포심 패스트볼과 삼색 마구라는 슬라이더, 체인지업, 커브를 자유자재로 구사하고 있었다.

거기다 얌전한 느낌의 한정훈에 비해 하리모토 쇼타의 투구 폼은 다이내믹했다.

노력 여하에 따라 얼마든지 구속 향상이 기대가 됐다.

빼어난 제구와 최고 구속 100mile/h의 포심 패스트볼을 던지지만 우완에 평범한 체격의 한정훈.

준수한 제구와 최고 구속 100mile/h, 그 이상의 포심 패스트볼을 던실 수 있는 키가 큰 좌완 하리모토 쇼타.

이 두 선수의 보고서를 받았을 때 데이비드 포스틴 단장은 하리모토 쇼타 쪽에 눈길이 갔다.

스카우터들은 MVP를 차지했다는 이유로 한정훈과 하리모토 쇼타의 성장치를 엇비슷하게 봤지만 데이비드 포스틴 단장은 하리모토 쇼타 쪽이 훨씬 스타성이 있다고 여겼다.

결과적으로 한정훈과 하리모토 쇼타에 대한 데이비드 포스틴 단장의 판단은 엇나갔다.

　수준급 우완 투수에 머무를 것이라 여겼던 한정훈은 일찌감치 잠재력을 폭발시켰고 메이저리그 모든 구단이 원하는 에이스 카드가 되어 있었다.

　그에 비해 하리모토 쇼타의 성장은 더뎠다. 덕분에 4년이 지난 시점에서 한정훈과 하리모토 쇼타의 위상은 상당한 차이를 보이고 있었다.

　만약 메이저리그 스카우터 중 누군가가 4년 전 데이비드 포스틴 단장과 같은 평가를 내렸다면 자신의 안목이 형편없었다며 고개를 흔들어 댔을 것이다.

　그러나 데이비드 포스틴 단장은 이런 와중에도 하리모토 쇼타를 포기하고 싶지 않았다.

　물론 데이비드 포스틴 단장도 한정훈이 어슬레틱스에 들어와 준다면 두 팔 벌려 환영할 준비가 되어 있었다.

　한정훈은 모든 메이저리그 단장이 원하는 최고의 투수였다.

　부상이 없는 유연한 투구 폼과 준수한 체격 조건, 좋은 공과 강한 정신력, 거기에 에이스로서 갖춰야 할 책임감과 경기를 지배하는 능력까지.

　한정훈의 장점을 열거하다 보면 날을 새야 할 정도였다.

　하지만 그렇기 때문에 어슬레틱스가 다른 빅 마켓 구단들과의 경쟁에서 승리할 가능성은 그리 높아 보이지 않았다.

한정훈의 입장에서 생각했을 때 어슬레틱스라는 구단이 썩 매력적으로 느껴질 것 같지도 않았다.

무엇보다 한정훈은 비쌌다.

내년에 스물세 살이 되는 어린 투수라고 하지만 한 명에게 포스팅 비용을 제외하고도 연평균 6천만 달러를 줘야 한다는 건 썩 달갑지 않은 일이었다.

한정훈을 포기하고 6천만 달러를 아낀다면 15승급 투수 두 명을 영입할 수 있었다.

혹은 10승 이상이 보장되는 투수 세 명으로 마운드를 개편하는 것도 가능했다.

한정훈의 대체 선수들이 최소한의 기대치만 충족한다 하더라도 한정훈이 홀로 거둘 승수보다 더 많은 승리를 챙길 수 있었다.

물론 한정훈이라는 절대적인 에이스가 주는 기록 외적인 가치까지 따지고 든다면 복잡해지겠지만 단순히 성적만 놓고 봤을 때 어슬레틱스가 한정훈 영입에 절대적으로 목을 맬 상황은 분명 아니었다.

그럼에도 빌리 벤 사장은 하드뱅크의 지원 약속을 믿고 한정훈 영입에 열을 올리고 있었다.

어슬레틱스 구단주마저 어슬레틱스를 명문 구단으로 키울 절호의 기회가 왔다며 헛물을 들이켜고 있었다.

'빌리에게 미안한 말이지만 이건 승산 없는 게임이야. 한

정훈을 정말로 어슬레틱스에 데려오려면 다저스보다 5천만 달러 이상 퍼줘야 할 거라고.'

데이비드 포스틴 단장은 턱밑까지 치솟은 말을 애써 되삼켰다.

대신 빌리 벤 사장이 기분 나빠하지 않도록 한정훈의 대안으로 하리모토 쇼타를 어필하는 데 주력했다.

"한정훈만큼은 아니지만 하리모토 쇼타도 분명 좋은 투수로 성장할 겁니다. 그럴 가능성도 충분하고요."

"쇼타로는 안 된다니까."

"빌리, 어슬레틱스가 한정훈을 놓칠 경우도 생각해야 합니다. 그때 가서 하리모토 쇼타를 잡겠다고 나서는 건 너무 늦어요."

"허어, 자네야말로 너무 앞서가는 거 아니야? 지금은 한정훈에 집중해야 할 때라고. 우리가 딴 생각을 가지고 있다는 게 한정훈 측에 알려져 봐. 그럼 한정훈이 우리를 선택해 줄 것 같아?"

빌리 벤 사장과 데이비드 포스틴 단장의 언쟁은 한동안 계속됐다.

한 번 고집을 부리면 좀처럼 꺾지 않는 두 사람의 특성상 누군가 말리지 않는 한 언쟁이 끝날 것 같지도 않았다.

하지만 갑작스럽게 걸려온 전화 한 통화가 평행선을 달리던 두 사람을 다시 마주 보게 만들었다.

"하아, 빌어먹을."

"왜 그래요, 빌리. 무슨 일이에요?"

"데이비드, 자네 말대로 하리모토 쇼타부터 잡아야 할 거 같아."

"……?"

"비공식적인 소스지만 하리모토 쇼타를 영입하는 구단에서 한정훈을 데려갈 가능성이 높아졌어."

빌리 벤 사장이 무겁게 한숨을 내쉬었다.

한정훈을 영입하는 데 도움이 될 만한 정보가 들어오긴 했는데 그것이 하필이면 하리모토 쇼타와 연결이 되어 있었다.

"조금 더 자세하게 설명 좀……. 아……. 이거로군요."

빌리 벤 사장에게 부연 설명을 요구하려던 데이비드 포스틴 단장이 핸드폰을 바라봤다.

그러다 액정 화면에 떠오른 메시지를 확인하고는 미간을 찌푸렸다.

소스의 출처는 한정훈의 여동생과 하리모토 쇼타의 여동생이 주고받은 SNS의 내용이었다.

합동 훈련 이후 서로 연락처를 교환하고 친구가 된 모모코와 한정아가 사적으로 주고받은 대화들 속에서 묘한 기류가 감지됐다는 것이다.

-그럼 모모는 고등학교 졸업하면 바로 미국으로 가는 거야?

-응, 아무래도 바보 오빠를 돌봐줘야 할 거 같으니까.

-그럼 나도 졸업하고 미국에 갈까?

-정말? 나는 기뻐. 정아하고 함께 학교를 다니고 싶어.

-그러려면 우리 오빠하고 쇼타 오빠가 가까운 팀에서 뛰어야 하잖아. 그게 가능할까?

-차라리 같은 팀에서 뛰면 어떨까? 바보 오빠는 정훈 님과 같은 팀에서 뛰고 싶어 하는 거 같은데.

-정말? 우리 오빠도 쇼타 오빠하고 한 팀에서 뛰고 싶다는 이야기 했었어.

-꺄앗! 정말이지? 좋았어. 그럼 난 바보 오빠를 설득해 볼게.

-나도 우리 오빠한테 이야기해 볼게. 아마 오빠도 좋아할 거야.

내용만 놓고 보자면 철없는 동생들의 희망사항 같은 것이었다.

한국과 일본이라는 서로 다른 나라에 사는 친구가 미국에서 같은 학교에 다니기 위해 마치 가족의 해외 이주를 추진한다는 것만큼이나 얼토당토않은 이야기였다.

그러나 어떻게든 한정훈의 마음을 잡아끌어야 하는 메이저리그 구단들의 생각은 달랐다.

한정훈과 하리모토 쇼타의 친분은 익히 알려진 바였다.

만약 둘의 우정이 거짓이 아니라면 상대적으로 몸값이 저렴한 하리모토 쇼타가 한정훈보다 먼저 포스팅을 신청할 가능성이 높았다.

그때 어떤 구단이 하리모토 쇼타를 잡고, 하리모토 쇼타와 그의 여동생인 모모코를 통해 한정훈에게 구애를 펼친다면?

그리고 모모코와 함께 학교를 다니고 싶은 한정아가 한정훈의 설득에 나선다면?

하리모토 쇼타를 잡은 구단에서 한정훈까지 손에 넣는 일이 벌어질 가능성이 높았다.

"이게…… 가능성이 어느 정도나 된다고 생각하십니까?"

데이비드 포스틴 단장이 굳은 얼굴로 물었다.

빌리 벤 사장이 대놓고 하리모토 쇼타의 포스팅을 허락했지만 도저히 웃을 수가 없었다.

한정훈의 대체자로 하리모토 쇼타를 영입하는 것과 한정훈의 미끼로 하리모토 쇼타를 영입하는 건 전혀 다른 이야기였다.

게다가 이제는 하리모토 쇼타를 적정한 가격에 구매하는 것도 불가능해 보였다.

이 정보를 다른 구단들도 접하고 있을 가능성이 높기 때문이었다.

경쟁으로 인해 몸값이 치솟은 하리모토 쇼타를 비싼 값에 영입하고 다시 한정훈에게 막대한 연봉 다발을 안긴다는 건 어슬레틱스 구단 운영 스타일상 있을 수 없는 일이었다.

실사 하드뱅크에서 금전적인 지원을 해준다고 해도 마찬

가지였다.

"이건…… 미친 짓입니다."

데이비드 포스틴 단장이 솔직한 심정을 내뱉었다.

이런 미친 영입전을 감당할 만한 구단은 메이저리그 전체를 통틀어 다섯도 되지 않았다.

그리고 애석하게도 그 다섯 구단 중에 어슬레틱스의 이름은 없었다.

빌리 벤 사장도 그 사실을 잘 알고 있었다.

하지만 한정훈을 잡겠다고 이리저리 공수표를 남발한 상황에서 이제 와 포기할 수는 없는 노릇이었다.

"미쳤지. 미친 짓이야. 하지만 못 할 것도 없어."

"빌리!"

"데이비드, 이건 상관으로서의 명령이야. 그러니까 수단과 방법을 가리지 말고 일단 하리모토 쇼타부터 잡아, 어서!"

빌리 벤 사장의 다그침에 데이비드 포스틴 단장이 마지못해 고개를 숙이고 물러났다.

그리고 그와 비슷한 광경들이 메이저리그 모든 구단의 사장실에서 펼쳐졌다.

64장
포스팅 (2)

3

"미안하다."

아시아 시리즈에서 쇼타를 만난 한정훈은 미안한 마음이 가득했다.

일본 리그에서 인정을 받고 메이저리그에 진출하는 쇼타를 마치 자신의 들러리처럼 여기며 떠들어 대는 언론의 입방아가 한정훈의 귓가에도 쉴 새 없이 들려왔기 때문이다.

하지만 정작 쇼타는 대수롭지 않은 얼굴이었다.

"네가 왜 미안해? 모모코가 실수를 한 건데."

"그렇지 않아도 정아한테 한마디 했다. 쓸데없이 SNS 하지 말라고."

"왜 애꿎은 정아 짱에게 뭐라고 한 거야? 모모코가 잘못한 거라니까."

"하아, 그렇다고 모모코가 잘못한 것도 없지. 애들끼리 주고받는 SNS를 가지고 말도 안 되는 기사들을 퍼다 나른 기자들이 문제니까."

한정훈이 나직이 한숨을 내쉬었다. 어른들의 잘못이라는 걸 알면서도 출국 전 정아를 나무랐던 게 불현듯 미안해졌다.

그때였다.

"한정훈!"

쇼타가 크게 한정훈의 이름을 불렀다. 그러고는 손에 들고 있던 공을 힘껏 내던졌다.

후아앗!

손끝에 제대로 채인 듯 새하얀 공이 순식간에 한정훈의 얼굴로 날아왔다.

한정훈이 반사적으로 글러브를 들어 올리지 않았다면 대형 사고로 이어질 수 있는 장면이었다.

"뭐야!"

한정훈이 짜증스럽게 쇼타를 노려봤다.

아무리 친하다고 해도 할 장난과 하지 말아야 할 장난이 있는 법이었다.

하지만 쇼타도 고작 장난이나 치려고 한정훈에게 공을 던진 게 아니었다.

"너…… 그 말이 거짓말이 아니라면 어떻게 할 테냐?"

"뭐?"

"모모코가 했던 말들. 그게 거짓말이 아니라면 어떻게 할 거냐고."

쇼타의 표정이 더없이 진지해졌다.

본래도 웃음기 없는 무표정한 얼굴이었는데 진지함까지 더해지니까 서늘한 분위기마저 감돌았다.

그러나 정작 한정훈은 갑작스러운 쇼타의 커밍아웃이 우습기만 했다.

"그러니까 나랑 같은 팀에서 뛰고 싶다 이 말이야?"

"왜? 너는 싫어?"

"나야 싫을 게 있나."

"저, 정말이야?"

"그럼. 내가 들어갈 팀에 또 다른 좋은 투수가 들어온다는 건 분명 좋아해야 할 일이잖아, 안 그래?"

"뭐?"

순간 쇼타의 표정이 와락 일그러졌다.

하고 많은 이유 중에 한정훈이 고작 그런 이유를 댈 줄은 몰랐기 때문이다.

하지만 한정훈은 쇼타와 친하다는 이유로 팔자에도 없는

브로맨스까지 찍고 싶진 않았다.

"뭐가 불만이야? 너 좋은 투수라니까? 그래서 나도 좋다고."

"짜증 나는 자식, 조금 더 상냥하게 말해주면 안 되냐?"

"억울하면 예전처럼 모모코한테 대신 물어보라고 하지 그랬냐. 그럼 친절하게 잘 말해줬을 텐데."

"됐다. 짜증 나는 자식. 그렇다고 내가 널 좋아해서 같은 팀에 가고 싶어 한다는 착각 같은 건 하지 마라."

"어이구, 나도 그런 쪽 취향은 아니네요."

"흥! 정말이야. 난 그저 메이저리그에 가서도 너와 동등하게 경쟁하고 싶었을 뿐이라고."

쇼타가 생각하는 동등한 경쟁이란 간단했다.

같은 팀에서 뛰면서 같은 팀을 상대로 싸워 우열을 비교하는 것.

소속 팀의 차이가 주는 변수 자체를 없앤다면 보다 객관적인 관점에서 서로의 성적을 비교할 수 있다는 이야기였다.

"아까도 말했지만 그 상대가 너라면 나도 환영이라고."

한정훈도 공감하듯 고개를 끄덕였다.

스케줄에 따라, 선발 순서에 따라 상대하는 팀이 달라질 수는 있겠지만 전혀 다른 팀에서 뛰면서 우열을 따지는 것보다는 나을 것 같았다.

'저렇게까지 원하는데 같은 팀에 뛰면서 쇼타와 경쟁하는

것도 나쁘진 않지.'

내색하진 않았지만 한정훈은 아직까지도 쇼타를 자극제로 여기고 있었다.

물론 현시점에서 한정훈과 쇼타의 몸값은 상당한 차이를 보이고 있었다.

일본의 전문가들도 더 이상 쇼타를 한정훈의 라이벌로 보기 어렵다고 단언할 정도였다.

그러나 한정훈은 아직 쇼타의 진가가 다 발휘되지 않은 것뿐이라고 생각했다.

과거 쇼타는 메이저리그에 진출해 아시아 최고 좌완 투수라는 찬사를 받았다.

그 당시 쇼타의 명성은 오타니 쇼헤나 다나카 마스히로와 비교해도 전혀 뒤처지지 않을 정도였다.

한정훈은 언제고 쇼타가 과거의 명성을 되찾고 아시아를 대표하는 투수로 거듭날 것이라 믿고 있었다.

그리고 그때가 오더라도 쇼타가 함부로 따라잡지 못할 만큼의 실력과 커리어를 쌓고 싶었다.

하지만 애석하게도 현실적으로 쇼타와 한 팀에 가는 건 쉽지 않아 보였다.

'돈이 문제야.'

현재 일본 언론에서 떠드는 쇼타의 추정 몸값은 5년 기준 2억 달러.

한정훈과 엮이기 전보다 7천만 달러가 뛰어올랐다.

여기에 포스팅 비용까지 더하면 2억 2천만 달러다.

일본 무대를 평정하고 메이저리그에 진출한 오타니 쇼헤(6년 3억 달러, 매리너스)보다는 못했지만 스기노 토모유키(6년 1억 2천만 달러, 오리올스)보다는 두 배 가까이 많은 금액이었다.

한정훈은 쇼타가 제 실력보다 더 많은 돈을 받고 메이저리그에 가는 것도 나쁘지 않다고 여겼다.

솔직히 메이저리그에 진출하는 모든 선수가 더 많은 돈을 받고 싶어 할 것이다.

메이저리그에서는 돈이 곧 실력을 나타내 주는 신분증이었다.

제아무리 실력 있는 유망주라 하더라도 더 많은 연봉을 받는 선수에게 치이고 밀리는 게 메이저리그의 생태였다.

게다가 과거 쇼타는 메이저리그 진출 3년 차 때부터 메이저리그 에이스급 투수로 급성장을 이뤘다.

그리고 두 번째 FA 때는 연평균 4천만 달러 수준의 초대박 계약을 이뤄냈다.

만약 현실에서도 쇼타가 메이저리그 적응을 끝내고 3, 4년 차에 에이스급 피칭을 선보인다면 지금 거품처럼 보이던 웃돈들도 충분히 합리적인 투자로 보일 수 있었다.

물론 지금 일본 언론에서 떠들고 있는 몸값은 지나치게 부풀린 게 사실이었다.

박찬영 대표가 농담처럼 말했던 쇼타의 현실적인 몸값은 최대 1억 8천만 달러 수준.

2천만 달러의 포스팅 비용을 포함한 액수였다.

한정훈도 쇼타가 총액 2억 달러 이상을 받고 메이저리그에 진출하는 건 부담이 클 것이라고 여겼다.

상대적으로 많은 돈을 받은 선수가 많은 기회를 얻는 이유는 간단했다.

그들이 받은 돈 만큼 결과를 내길 바라기 때문이다.

실제 언론의 예상을 깨고 총액 3억 달러를 받은 오타니 쇼헤의 매리너스 생활은 썩 행복해 보이지가 않았다.

몇 경기만 부진해도 지역 언론으로부터 먹튀 소리가 나도니 매 경기마다 신경질적이 될 수밖에 없었다.

일본 리그를 평정한 오타니 쇼헤도 한 일본 언론과의 인터뷰를 통해 부담감을 호소하고 있는데 실력이나 정신력 모두 한 수 아래로 평가받는 쇼타가 그런 부담을 감당해 내기란 쉽지 않아 보였다.

그래서 총액 2억 달러가 넘지 않는 선에서 메이지리그 진출이 결정되길 바랐다.

그리고 그렇게 되어야만 쇼타와 한 팀에서 뛸 가능성이 생긴다고 판단했다.

하지만 제아무리 친구라 하더라도 그런 이야기를 쇼타에게 대놓고 할 수는 없는 노릇이었다.

"푹 쉬고 3, 4위전 때 잘 던져라."

"헛소리! 이번에는 재팬햄이 결승에 오를 거다."

"괜히 기운 빼지 말라니까. 여차하면 나 몸 푸는 수가 있다?"

"이 자식! 그런 식으로 협박하지 말라고 했지!"

"시끄럽고 이거나 가져가."

한정훈이 쇼타에게 공을 던졌다.

그 공을 받기가 무섭게 쇼타가 홱 하고 몸을 내돌렸다.

"방금 뭐지? 쇼타가 한정훈에게 도전장을 내던진 건가?"

"아무래도 그런 모양인데?"

"이거 특종이야. 메이저리그 앞에서는 친구도 없다. 이런 느낌이 좋겠어."

"오오! 나도 빨리 써야지."

그 모습을 지켜보던 일본 기자들은 기사거리가 생겼다며 호들갑을 떨어댔다.

하지만 한정훈과 쇼타의 친분을 잘 알고 있는 한국 기자들은 그저 피식 웃기만 했다.

"쇼타가 또 한 방 먹었나 보네."

"그게 하루 이틀이야? 솔직히 한정훈한테 말이든 뭐든 이길 선수는 거의 없을 텐데 뭐."

"김강현이 그랬잖아. 김성은 감독 제외하고 태어나서 말

싸움에서 져 본 건 한정훈뿐이라고."

"강민오는 어떻고? 한정훈이 고집부리면 후배지만 무서워서 내버려 둔다잖아."

"가끔씩 빈볼 시비 날 때마다 타자들 죽일 듯이 노려보는 거 기억 안 나? 김 형이 그러는데 그럴 때마다 진짜 오싹해서 사진기 셔터가 안 눌러진다더라."

"그래도 한정훈이 그만큼 했으니 스톰즈가 빈볼이 적은 거지. 아니었음 신생팀 견제한다고 사구 100개 돌파했을걸?"

한정훈의 메이저리그 진출이 결정되어서일까.

한국 기자들은 마치 한정훈을 다시는 못 볼 것처럼 추억거리를 공유했다.

물론 일부 언론들은 한정훈이 존경하는 박찬오의 발자취를 따라 스톰즈에서 야구 인생을 마무리 지을 수도 있다고 여겼다.

스톰즈 구단 역시 한정훈의 등번호를 영구 결번으로 지정히고 한정훈이 돌아오면 인제든 두 필 빌리 환영하겠다는 뜻을 내비쳤다.

하지만 역대 최고 대우를 받으며 메이저리그에 진출하는 한정훈이 한국으로 돌아올 가능성은 0에 가까워 보였다.

"경기 시작한다."

"그나저나 오늘 스톰즈가 이겨야 할 텐데."

"그러게. 그래야 내일 결승전에 한정훈을 보는데 말이야."

"이기겠지. 강현승도 각오가 남다를 테니까."

재팬햄과의 아시아 시리즈 준결승 선발투수는 강현승.

데뷔 초 6선발을 시작으로 점점 선발 순위가 오르더니 이제는 한정훈의 대체 에이스로까지 불리며 입지를 굳힌 상태였다.

올 시즌 성적은 16승 5패. 평균 자책점 2.98.

생애 처음으로 평균 자책점 2점대를 기록하며 구단 측으로부터 연봉 100퍼센트 인상을 보장받은 상태였다.

하지만 강현승은 아직 배가 고팠다. 동기이지만 한 살 어린 한정훈이 물려준 스톰즈 에이스 자리에 만족할 생각은 추호도 없었다.

'오늘도 메이저리그 스카우터가 많이 몰려 왔겠지? 이 기회에 제대로 한번 보여주자!'

강현승은 아랫입술을 단단히 깨물었다. 그리고 초구부터 155㎞/h의 빠른 공으로 타자를 윽박질렀다.

퍼엉!

묵직한 포구음이 경기장을 울리자 양 팀 더그아웃의 표정이 엇갈렸다.

"나이스 피칭!"

"하하. 오늘 현승이 제대로 삘 받았는데?"

초구에서 느껴지는 투지에 스톰즈 더그아웃에서는 웃음이 터져 나왔다.

경기 초반 제구가 흔들리는 경우가 많아 걱정했는데 초구를 보니 오늘 경기는 강현승을 믿고 맡겨도 될 것 같았다.

반면 아시아 시리즈 우승을 노리는 재팬햄 더그아웃의 표정은 굳어졌다.

"155㎞/h라니. 빠르잖아?"

"젠장할. 한정훈이 아니라 좋아했는데……."

"이러다 또 지는 거 아냐?"

스톰즈와의 준결승전이 결정됐을 때 재팬햄 선수들이 가장 걱정했던 건 한정훈의 등판 여부였다.

한정훈이 예선 2차전에 선발로 나와 완봉을 거두었기 때문에 일정상으로는 준결승전부터 등판이 가능한 상태였다.

반면 예선 3차전에 선발 등판한 쇼타는 준결승전에 투입이 불가능한 상황이었다.

만에 하나 한정훈이 준결승전에 나온다면 목표였던 아시아 시리즈 우승은 물거품이 될 수밖에 없었다.

그런데 다행히도 로이스터 감독이 한정훈을 결승전 선발로 돌리면서 희망이 생겼다.

거기다 대타로 나선 투수가 강현승이었다.

올 시즌 좋은 활약을 펼쳤다지만 아직 어리고 기복이 심한 투수인 만큼 재팬햄 타자들도 충분히 공략 가능하다고 여겼다.

하지만 정작 강현승이 경기 조반부터 물같은 강속구를 쏯

아대면서 타자들을 힘으로 찍어 눌렀다.

그리고 세 타자 연속 삼진이라는, 한정훈급 퍼포먼스를 보여주며 1이닝을 가볍게 끝마쳤다.

"현승이 녀석, 장난 아닌데?"

"그러게. 이러다 현승이 형이 형보다 먼저 메이저 오겠는데?"

"야, 인마. 아무리 그래도 그렇지 내가 현승이보다 너하고 더 친한데 그런 말 하면 섭하지."

"그런데 형은 괜찮아? 계속 마무리투수 하는 거."

한정훈이 진드기처럼 바짝 붙어 앉은 이승민을 바라보며 물었다.

4년 전 함께 입단할 때까지만 해도 이승민은 스톰즈 구단의 미래를 책임질 선발투수 후보였다.

뒤를 맡길 만한 선수가 없다는 이유로 일시적으로 마무리투수로 전향하긴 했지만 이승민은 물론 구단이 원하던 포지션은 선발이었다.

2년 전 스톰즈의 외국인 용병 제한이 5명에서 4명으로 줄어들었을 때부터 팬들은 이승민의 선발 전환을 줄기차게 요구해 왔다.

한정훈이 곧 떠나는 마당에 토종 우완 에이스를 키워야 한다는 게 팬들의 바람이었다.

구단 측에서도 이승민과 진지하게 보직 변경에 대해 논의했다.

하지만 이승민은 쉽게 결단을 내리지 못했다.

마무리투수로서 이제 막 적응을 끝냈는데 또다시 선발투수로 전향한다는 게 버겁게 느껴진 것이다.

"딱 1년만 더 해보고요."

2년 차 때 최악의 성적을 거두었던 이승민은 절치부심 세 번째 시즌을 준비했다.

그리고 작년의 부진함을 말끔히 씻어내며 서부 리그 세이브 왕과 서부 리그 구원 투수 부문 골든 글러브를 싹쓸이했다.

이승민의 활약은 지난 시즌에도 이어졌다. 첫 50세이브를 돌파하며 2년 연속 세이브 부문 타이틀을 차지한 것이다.

지난 4년간 이승민은 138세이브를 올리며 리그 최고의 마무리투수 중 한 명으로 우뚝 섰다.

이 기간 블론 세이브는 고작 12개밖에 되지 않았다. 그것도 최근 2년간은 블론 세이브가 5개뿐이었다.

이 정도면 확실히 마무리투수 체질이라고 해도 무방해 보였다.

이승민 역시 팀의 승리를 제 손으로 마무리 짓는 걸 즐기고 있었다.

하지만 스톰즈 구단은 이승민이 선발 로테이션에 합류해 주길 간절히 바라고 있었다.

한정훈은 물론이고 테너 제이슨마저 올 시즌 메이저리그로 복귀를 선언한 상황에서 선발진의 구멍이 커졌기 때문이다.

창단 후 2년간 신생팀 특혜로 우선 지명권을 행사했지만 팀의 1군에 머무르는 투수는 한정훈과 이승민, 강현중뿐이었다.

대박 선수들이 넘쳐났던 한정훈 세대(2017 드래프트)와 달리 2018 드래프트에 참여했던 선수들의 실력은 형편없었다.

대어급은 물론 준척급조차 찾기 힘들었다.

고르고 고른 선수들은 퓨처스 리그에서조차 이렇다 할 활약을 펼치지 못했다.

거기에 3년 연속 한국 시리즈 우승을 하면서 드래프트 순위도 저만치 밀려 버렸다.

작년과 올해 드래프트 때는 다른 팀들이 앞장서서 쓸 만한 투수들만 골라 빼가 버려 스톰즈 관계자들을 허탈하게 만들었다.

이런 상황에서 선발투수진 붕괴는 스톰즈 왕조의 종말로 이어질지 몰랐다.

"네 생각은 어때?"

잠시 한숨을 내쉬던 이승민이 한정훈에게 공을 넘겼다.

비록 한 살 어린 동생이긴 했지만 한정훈은 이승민이 닮고 싶고 본받고 싶은 투수가 된 지 오래였다.

이승민뿐만이 아니었다. 재작년 배용수가 은퇴하고 코치 연수를 떠난 이후로 젊은 투수들은 한정훈을 붙잡고 고민을 늘어놓았다.

데뷔 때부터 압도적인 피칭으로 한국 무대를 씹어 먹은 한정훈을 우상처럼 여기는 것이다.

한정훈도 과거 힘들었던 시절을 떠올리며 젊은 선수들의 상담에 성실히 응해주었다.

바로 얼마 전에는 투구 밸런스 문제로 고민하던 강현중과 밤새 진지한 대화를 나누기도 했다.

하지만 이승민과 관련해서는 한정훈도 쉽사리 답을 주기 어려웠다.

스톰즈 구단 내에서 가장 친하다는 이유도 있지만 이승민의 성격상 자신의 조언을 100퍼센트 수용할 게 뻔했기 때문이다.

과거 이승민은 대한민국을 대표하는 우완 선발투수였다.

그 당시 구단 측으로부터 1년 선배인 이승민의 스타일을 참고하라는 조언까지 들을 정도였다.

그러나 지금의 이승민은 대한민국을 대표할 만한 마무리투수였다.

마무리투수가 선발투수만큼 대우받기는 힘들다 하더라도 이승민이라면 오성환의 전례를 따라 메이저리그에서도 마무리투수로 성공할 수 있을 것 같았다.

과거에 보았던 선발투수로서의 성공 가능성.

그리고 지금 보여주고 있는 마무리투수로서의 성공 가능성.

만약 한정훈이 과거로 돌아와 이만큼 성장하지 못했다면 배부른 투정이라며 짜증을 냈을지 몰랐다.

하지만 이승민은 더없이 진지했다. 수없이 고민을 하고 또 해보았지만 끝내 답을 찾지 못한 얼굴이었다.

스톰즈의 에이스로서 이런 이승민을 외면하기란 쉽지 않았다.

"그냥 내 생각이야."

"어, 그래. 말해줘. 뭐든."

"지금까지라면 형은 마무리투수가 어울려."

"역시. 그렇지?"

"그리고 팀을 위해서 선발로 전환하는 거 반대야. 이미 팀을 위해 마무리투수를 선택한 거잖아."

"후우……."

"하지만 난 형이 선발로 가도 잘할 거라고 생각해."

"그, 그게 정말이야?"

이승민이 눈을 똥그랗게 떴다.

다른 사람도 아니고 한정훈이 그런 말을 해주니 애써 털어내려 했던 선발에 대한 욕심이 다시 용솟음치기 시작했다.

"만약 형이 선발로 가고 싶다면, 나는 그래도 상관없을 거라고 봐. 솔직히 형에게 부족한 건 확신이잖아. 선발에서도 성공할 수 있을까 하는 확신. 하지만 그런 건 당사자는 느끼지 못해. 그런데 누가 나한테 형이 선발로 전환했을 때 성공할 수 있겠느냐고 물어본다면 난 형이 스톰즈의 에이스가 될 거라고 확신한다고 대답할 거야."

"정훈아……."

크게 치떠졌던 이승민의 두 눈이 축축이 젖어 들었다.

한정훈의 진심 어린 조언을 들으니 그동안 마음고생 했던 게 몽땅 위로받는 듯한 기분마저 들었다.

그러자 한정훈이 기다렸다는 듯이 소리쳤다.

"현중이 형! 빨리 와! 승민이 형 운다!"

"뭐? 누가 우리 승민이 울렸어?"

"아냐, 안 울어! 너 이씨 두고 보자!"

한정훈을 떠나보낼 시간이 코앞으로 다가왔지만 선수들은 언제나처럼 한데 어울려 장난을 치고 놀았다.

그 모습이 중계 화면을 통해 스톰즈 팬들에게도 선해졌다.

└하아, 시팔. 진짜 한정훈 안 보내고 싶다.

└진짜 욕먹을 각오하고 정훈이 붙들고 싶어.

└우승 욕심이라고 지랄하는 새끼들 보면 진짜. 아오.

└그래도 어쩔 수 없잖아. 보내줘야지. 솔직히 한국은 정

훈이한테 너무 작다고.

ㄴ승민이랑 현중이도 더 성장해서 정훈이랑 같이 뛰었음
좋겠다.

ㄴ맞아맞아. 진짜 그렇게만 되면 비행기 티켓 끊어서 직관
간다.

스톰즈 팬들은 홈페이지를 통해 아쉬운 마음을 쏟아냈다.

오죽했으면 스톰즈 구단 측에서 스톰즈의 영원한 에이스,
한정훈에게 전하는 마음이라는 게시판을 별도로 만들어줄
정도였다.

하지만 대부분의 야구팬은 한정훈이 하루 빨리 메이저리
그에 가기만을 기다리고 있었다.

ㄴ한정훈 포스팅 신청 언제 하는 거냐 진짜.

ㄴ구단 측에서는 12월 초라고 하던데. 왜 이렇게 시간을
끄는지 원.

ㄴ야, 원래 최종 보스는 마지막에 등장하는 거 모르냐?

ㄴ그래도 빨리 한정훈 갈 곳이 정해져야 겨울에 제대로 몸
만들지. 윤성민 봐라. 질질 끌다가 그 꼴 난 거잖아.

일부 성질 급한 야구팬들은 한정훈의 조속한 포스팅 신청
을 위해 스톰즈가 준결승에서 패배했으면 좋겠다는 속내까

지 드러냈다.

그러나 한정훈에게 결승전 등판을 안겨주기 위해 스톰즈 선수들이 마지막까지 최선을 다한 끝에 스톰즈는 재팬햄을 5 대 0으로 누르고 3년 연속 아시아 시리즈 결승에 진출하는 데 성공했다.

다음 날.

결승전을 앞두고 열린 인터뷰에서 한정훈이 처음이자 마지막으로 공언을 했다.

"제가 원래 이런 말 잘 안 하는 성격이지만 어쩌면 스톰즈 유니폼을 입고 마지막으로 공을 던지는 경기가 될 수도 있으니까요. 오늘 경기는 팬 여러분들이 영원히 기억할 수 있는 그런 경기가 되도록 정말 이 악물고 던져 보겠습니다."

한정훈은 굳이 퍼펙트게임이나 노히트노런을 언급하지 않았다.

자신이 없어서라기보다는 이벤트 대회로써 상대 팀에 대한 예의를 지키기 위해서였다.

마지막이랍시고 팀 동료들에게 괜히 부담을 주고 싶지도 않았다.

그저 자신이 할 수 있는 최고의 공을 던지다 보면 좋은 결과가 있을 것이라고 기대했다.

[한정훈! 아시아 시리즈 결승전 앞두고 퍼펙트게임 선언!]

[팬들에게 잊지 못할 경기 선사하겠다! 한정훈 대기록 도전!]

한정훈의 인터뷰가 끝나기가 무섭게 국내 언론사들은 앞다투어 한정훈의 말을 기사화했다.

그러자 순식간에 실시간 시청률이 폭등했다.

괜히 호투하다 몸 상한다며 한정훈의 등판을 염려했던 팬들조차 TV와 인터넷 앞으로 모여들었다.

-서재훈 위원, 한정훈 선수가 인터뷰하는 거 들으셨습니까?

-네? 아, 하하. 들었습니다. 한정훈 선수가 그동안 성원해 줬던 팬들을 위해 큰 선물을 안기고 떠날 생각인 것 같습니다.

-그런데 상대 팀이 만만치가 않은데요. 요미다입니다.

-요미다 강하죠. 일본에서 가장 유명한 팀이기도 하지만 재작년에 이어 올해도 재팬 시리즈 우승을 차지한 강팀입니다.

-그리고 한정훈 선수는 메이저리그에서도 서로 데려가려고 안달인 선수고요. 그래서 말인데 서재훈 위원께서는 어떻게 보십니까?

-하하, 이것 참. 갑자기 그런 질문을 하시니 난처합니다만 저는 여러분들이 생각하시는 일이 일어날 거라고 생각합니다.

-상대가 요미다인데도요?

-요즘 같아선 요미다가 아니라 일본 대표팀이라 해도 충

분히 가능하지 않을까 생각합니다.

　서재훈은 한정훈이 국내 야구팬들을 위해 최고의 경기를 펼쳐 줄 것이라 믿어 의심치 않았다.
　그리고 한정훈은 그 믿음에 부응하듯 초구부터 메이저리그 스카우터들의 눈을 의심하게 만들었다.
　"우앗! 뭐야, 방금 그 공?"
　"104mile/h(≒167.3㎞/h)? 이거 제대로 찍힌 거야?"
　"내 것도 104mile/h인데?"
　"지금 11월이잖아. 그런데 이런 구속이 나온다는 게 말이 나 되는 일이야?"
　메이저리그 스카우터들은 스피드 건에 찍힌 구속을 보며 고개를 절레절레 흔들어 댔다.
　한국 시리즈가 끝나고 보름이 지난 상황이었다.
　올 시즌 초부터 최고 구속 167㎞/h의 강속구를 던져 대긴 했지만 설마하니 그 구속이 이 시점까지 유지될 것이라고는 생각지도 못한 반응이었다.
　벌어진 입을 다물지 못하는 건 요미다 더그아웃도 마찬가 지였다.
　"하아, 진짜……."
　"정말 괴물 같은 투수네요."
　코치들은 저마다 고개를 흔들어 댔다.

3차전에 등판했을 때만 하더라도 최고 구속이 161㎞/h밖에 나오지 않았던 한정훈이 고작 5일 만에 최고 구속을 6㎞/h나 끌어올리고 있었다.

이런 상황에서 타자들이 한정훈을 무너뜨리길 기대한다는 것 자체가 욕심처럼 느껴졌다.

"저 녀석, 정말 짜증 나네."

"지금이 올림픽 결승이라고 착각하고 있는 거 아냐?"

요미다 타자들의 입에서도 불만이 끊이질 않았다.

메이저리그 진출을 선언한 한정훈이 무리할 가능성이 낮은 만큼 이번 경기를 통해 제대로 설욕전을 펼치자고 입을 모았는데 한정훈이 던지는 꼴을 보니 설욕은커녕 완봉패를 면키 어려워 보였다.

"다들 정신 차려!"

"기세에서 밀리면 끝이라고!"

일부 고참 선수들이 나서서 분위기를 다잡아 보려 했지만 소용없었다.

1회부터 3회까지 모든 타자를 삼진으로 돌려세우는데 이건 도저히 공략할 방법이 서질 않았다.

반면 스톰즈 타자들은 1회 초부터 한정훈의 어깨를 가볍게 만들어주기 위해 안간힘을 썼다.

내야 안타로 출루한 공형빈이 2루를 훔치고 에릭 나가 희생 번트를 성공시키며 1사 3루 상황을 만든 뒤에 3번 타자

자리를 꿰찬 황철민이 큼지막한 외야 플라이를 때려내 선취점을 뽑아냈다.

2회에는 박기완이 몸 쪽 체인지업을 잡아당겨 솔로포를 날렸고 3회에는 다시 황철민과 4번 타자 최준의 연속 2루타가 터지며 한 점을 보탰다.

3 대 0.

한정훈이 마운드를 지키고 있는데 석 점 차이 리드면 경기는 끝났다고 봐도 무방했다.

"초구부터 적극적으로 공략해라!"

보다 못한 요미다 벤치에서 공격적인 타격을 주문했지만 결과는 달라지지 않았다.

마치 그럴 줄 알았다는 듯이 한정훈이 능구렁이 같은 피칭으로 스타일을 바꿔 버렸기 때문이다.

"크아, 진짜 한정훈의 피칭은 아름답다니까."

"맞아. 힘으로 찍어 누르는 것도 멋지지만 난 지금처럼 타자들을 수 싸움으로 이겨내는 게 더 짜릿해."

"한정훈도 평생 힘이 펄펄 날 수는 없어. 삼십 대에 접어들다 보면 힘이 떨어지겠지. 하지만 한정훈이 이 정도 커맨드를 유지한다면 삼십 대가 되더라도 정상의 자리에서 쉽게 내려오진 않을 거야."

"이게 바로 한정훈의 진짜 가치라고. 안 그래?"

메이저리그 스카우터들은 한정훈의 투구에 감탄을 늘어놓

았다.

만약 패스트볼 최고 구속이 93mile/h(≒149.6㎞/h) 정도밖에
되지 않는 동양인 투수가 맞춰 잡는 투구를 한다면 자신감이
부족하다며 혹평을 늘어놓았겠지만 한정훈의 피칭은 격이
달랐다.

다른 투수들보다 높은 경지에서 타자들을 희롱하는 것처
럼 느껴졌다.

1회부터 3회까지 9명의 타자를 삼진으로 돌려세우는 데
던진 공이 33구.

4회부터 6회까지 9명의 타자를 범타로 유도하는 데 던진
공이 23구.

18개의 아웃 카운트를 잡는 데 필요한 공은 고작 56구에
불과했다.

"서두르지 마! 공을 좀 보라고!"

타자들이 허무하게 물러나자 요미다 코치들은 다시 끈기
있는 타격을 주문했다.

타자들이 지나치게 덤벼들면서 한정훈의 투구 수를 아껴
주고 있다며 목소리를 높였다.

그러나 한정훈이 7회부터 투구 스타일을 다시 한 번 바꾸
자 타자들은 이러지도 저러지도 못하는 상황에 처했다.

퍼억!

마치 슬로우비디오처럼 느릿하게 허공을 날아온 공이 홈

플레이트 앞에서 뚝 하고 떨어져 내렸다.

그것으로도 모자라 정확하게 스트라이크존을 통과하고 포수의 미트 속에 틀어박혔다.

"젠장할."

1번 타자 다테오 소우치로가 입술을 질근 깨물었다.

전 타석에서도, 그 전 타석에서도 167㎞/h의 포심 패스트볼을 전광판에 찍어놓고선 이제 와 너클 커브라니.

이 정도면 사람 염장 지르는 재주는 타고났다고 봐야 했다.

'이번에는 변화구로 승부를 보려는 모양인데 어림없다.'

다테오 소우치로는 방망이를 단단히 움켜쥐었다.

한정훈의 투구 스타일이 워낙 변화무쌍해 적응하기가 쉽지 않았지만 그래도 일정한 패턴이 있었다.

그리고 그중에 하나는 한 번 변화구를 던지기 시작하면 변화구 비중이 최대 50퍼센트까지 늘어난다는 점이었다.

'변화구일까. 아니면 패스트볼일까.'

50퍼센트의 확률 속에서 잠시 고심하던 디데오 소우치로는 변화구, 그것도 체인지업에 타이밍을 맞췄다.

패스트볼과 변화구 중에 변화구를 고른 이유는 따로 없었다.

하지만 그중에서도 체인지업을 고른 이유는 있었다.

힌징훈이 너글 거브를 넌날아 던진 적은 손에 꼽히기 때문이었다.

그런데.

"……!"

한정훈이 2구째 던진 공 역시 너울너울 춤을 추며 날아들더니 다테오 소우치로의 시야를 잔뜩 어지럽히고는 사라져 버렸다.

너클 커브.

그 공이 또다시 한복판으로 날아든 것이다.

"크윽!"

다테오 소우치로가 질근 입술을 깨물었다. 그리고 매서운 눈으로 한정훈을 노려봤다.

그러나 한정훈은 다테오 소우치로와 눈싸움을 할 마음이 눈곱만큼도 없었다.

"이번에는 뭐가 날아올 것 같아? 체인지업? 패스트볼? 그것도 아니면 또다시 너클 커브?"

박기완의 사인을 기다리며 한정훈이 혼잣말처럼 중얼거렸다. 그러자 박기완이 기다렸다는 듯이 손가락을 하나 펴 보였다.

"그렇게 끝내자 이 말이지?"

한정훈은 가볍게 고개를 끄덕거렸다.

박기완의 미트가 다소 위험한 코스에서 움직였지만 정작 한정훈의 입가에는 짓궂은 웃음이 번졌다.

그 사실을 알지 못한 채 다테오 소우치로는 너클 커브만 노리고 있었다.

한정훈이 자신을 엿 먹이기 위해 또다시 너클 커브를 던질 것이라고 확신한 것이다.

하지만 애석하게도 한정훈의 손끝을 빠져나온 공은 순식간에 포수 미트 속을 파고들었다.

퍼엉!

묵직한 미트 소리가 다테오 소우치로의 귓가를 때렸다.

다테오 소우치로가 반사적으로 방망이를 내질러 봤지만 히팅 포인트 자체를 뒤에 두고 있던 터라 공의 그림자조차 건드리지 못했다.

"젠장할!"

그렇게 선두 타자 다테오 소우치로는 힘 한번 써보지 못하고 타석에서 물러나고 말았다.

"하아……."

대기 타석에 서 있던 유키 나스히로는 무겁게 한숨을 내쉬었다.

7회를 기점으로 한정훈-박기완 배터리가 투구 스타일에 변화를 준 탓에 어떤 노림수를 가지고 타석에 서야 할지 막막하기만 했다.

'변화구가 또 들어올까? 아니야. 패스트볼, 패스트볼을 노리사.'

타석의 흙을 고르며 잠시 고심하던 유키 나스히로가 방망이를 짧게 움켜쥐었다.

투수가 타자를 삼진으로 잡아내려면 최소한 공을 3개는 던져야 했다.

그중에 하나 정도는 자신이 원하는 코스의 패스트볼이 날아들기를 바랐다.

'패스트볼을 노리신다 이거지?'

유키 나스히로를 힐끔 바라보던 박기완이 몸 쪽으로 미트를 가져다 붙였다.

손가락 사인은 엄지를 포함해 세 개.

한정훈은 가볍게 고개를 끄덕거렸다.

"후우⋯⋯."

한정훈이 평소보다 길게 숨을 고르자 유키 나스히로가 눈을 반짝였다.

그 모습이 왠지 강력한 패스트볼을 던지기 위해 힘을 끌어모으는 것처럼 느껴진 것이다.

'온다!'

한정훈의 손끝에서 공이 빠져나오자 유키 나스히로는 기다렸다는 듯이 테이크 백에 들어갔다.

그리고 공이 채 절반도 날아오기 전에 일찌감치 방망이를 휘돌렸다.

만약 165km/h대의 포심 패스트볼이 들어왔다면 얼추 얻어

걸릴 타이밍이었다.

하지만 애석하게도 공은 점점 느려지더니 마지막 순간에 유키 나스히로의 무릎 쪽으로 말려 들어갔다.

'변종 체인지업!'

뒤늦게 공의 정체를 알아챈 유키 나스히로가 다급히 허리를 멈춰봤지만 소용없었다.

히팅 포인트를 빠르게 가져간 탓에 무게중심은 일찌감치 무너진 상태였다.

"젠장할!"

유키 나스히로가 한가득 욕지거리를 내뱉었다.

분명 패스트볼이 온다는 확신이 들었는데 체인지업이라니.

치솟는 모멸감에 얼굴이 화끈거릴 지경이었다.

하지만 다른 투수도 아니고 한정훈을 상대로 감정적이 됐다간 삼진의 먹이가 되기 십상이었다.

퍼엉!

퍼엉!

박기완은 흥분한 유키 나스히로의 눈높이에 두 개의 포심 패스트볼을 요구해 유키 나스히로를 헛스윙 삼진으로 돌려세웠다.

한정훈의 제구도 완벽했지만 눈썰미 좋은 박기완의 공격적인 리드가 빛을 발하는 순간이었다.

그 모습을 지켜보던 베이서리二 스카우터늘은 아쉬움을

감추지 못했다.

"저 포수도 솔직히 욕심나는 데 말야."

"한정훈하고 호흡은 확실히 최고야."

"한국 대표팀에서도 한정훈 전담 포수를 맡고 있잖아."

지난 3년간 메이저리그 스카우터들은 한정훈의 선발 경기마다 출석 도장을 찍듯 얼굴을 내비쳤다.

그 과정에서 자연스럽게 다른 스톰즈 선수들에 대한 실력 분석도 이루어진 상태였다.

메이저리그 스카우터들이 한정훈 다음으로 눈여겨보는 선수는 크게 세 명.

이승민과 강현승, 그리고 황철민이었다.

이승민은 빠른 공을 던지는 젊고 실력 있는 불펜 투수라는 점이 강점이었다.

강현승은 좌완에 힘 있는 공을 던진다는 게 플러스 요인이었다.

황철민은 장타력과 수비 능력만 보완된다면 메이저리그에서도 통할 법한 좌타자였다.

스톰즈 팬들이 스벤저스라 부르는 한정훈-이승민-강현승-황철민-박기완 중 네 명이 메이저리그 스카우터의 레이더에 걸려든 것이다.

그러다 작년부터 박기완을 주목하는 스카우터가 하나둘씩 생겨났다.

한정훈이 올림픽에서도 박기완과 호흡을 맞췄다는 사실에 의미를 부여한 것이다.

그 과정에서 한정훈이 박기완과 배터리를 이뤘을 때 보다 공격적이고 안정된 피칭을 한다는 사실이 파악됐다.

프로에 입단한 이후 줄곧 팀의 에이스와 안방마님으로 호흡을 맞춰오면서 쌓은 신뢰감이 경기 결과로까지 이어진 것이다.

그래서 메이저리그 스카우터들은 박기완에게도 관심을 가졌다.

한정훈이 아직까지 포수를 가린다는 리포팅은 없었지만 만에 하나 메이저리그에서 포수 문제로 고전할 경우에 대비할 필요가 있었다.

하지만 박기완이 해외 진출 자격을 얻기 위해서는 앞으로 3년은 더 남은 상태였다.

게다가 박기완은 메이저리그 기준으로 타격과 송구가 약했다.

한정훈만을 위한 전담 포수로 저렴한 값에 데려올 수 있다면 좋겠지만 스톰즈의 주전 포수로 자리매김한 박기완이 그런 제안에 응할 것 같지 않았다.

"박기완이 빨리 성장해 준다면 좋겠는데……."

"그러게. 송구 능력은 점점 좋아지고 있으니까 타격만 확실히 보완된다면 어떻게 해볼 텐데 말이야."

메이저리그 스카우터들이 아쉬운 얼굴로 박기완을 바라 봤다.

그런 스카우터들의 속내가 전해진 것일까.

따악!

박기완은 7회 말 2사 주자 1, 2루 상황에서 패스트볼을 잡 아당겨 도쿄 돔 상단에 떨어지는 큼지막한 3점포를 쏘아 올 렸다.

그리고 그 한 방이 승부에 결정타로 작용했다.

"하아."

"젠장할. 끝났네."

점수가 여섯 점 차이로 벌어지자 요미다 타자들은 의욕을 상실했다.

그리고 허무하게 6개의 아웃 카운트를 헌납하며 한정훈의 퍼펙트게임에 일조했다.

"정훈아!"

"형, 수고했어요."

개인 통산 세 번째 퍼펙트게임을 달성한 한정훈-박기완 배터리가 서로의 글러브를 힘껏 부딪쳤다.

그렇게 한정훈의 2021 시즌이 화려하게 끝이 났다.

65장
포스팅(3)

4

　결승전 직후 한미일 삼국의 기자들은 한정훈의 인터뷰를 위해 더그아웃으로 몰려갔다.

　한정훈이 결승전에서 퍼펙트게임을 거두고 유종의 미를 거둔 만큼 이제 본격적인 메이저리그 진출 선언이 나올 것이라고 예상한 것이다.

　그러나 한정훈은 메이저리그에 대해서는 이렇다 할 언급을 하지 않았다.

　일부 기자가 한정훈의 대답을 끌어내기 위해 질문을 던졌지만 한정훈은 에이전시와 협의 후 결정하겠다는 대답만 되

풀이했다.

"젠장, 또 시작이군."

"아무튼 한정훈, 저럴 때마다 진짜 얄밉다니까."

인터뷰를 마친 한정훈이 서둘러 더그아웃을 나서자 기자들은 하나같이 불만을 터뜨렸다.

한정훈이 기자들과 거리를 두는 게 어제오늘의 일은 아니지만 가끔 보면 일부러 약 올리는 것 같은 느낌이 들 정도였다.

하지만 기자 중 누구도 면전에서 한정훈을 욕하지 못했다.

장차 메이저리그를 뒤흔들 한정훈과 척을 져 봐야 좋을 게 없었기 때문이다.

"나중에 개털되어서 한국 오기만 해봐! 그땐 내 쪽에서 먼저 쌩까 줄 테니까."

"그런데…… 그런 날이 오긴 할까?"

"하아, 젠장할. 말하고 보니 또 속 쓰리네."

"그러지 말고 술이나 한잔 꺾자고."

푸념하던 각국의 기자들이 삼삼오오 무리를 이뤄 자리를 떴다.

이렇게 된 이상 한정훈의 메이저리그 진출과 관련한 추측성 짜깁기 기사나 사골 우리듯 우려먹을 수밖에 없어 보였다.

그때였다.

"뉴스 틀어봐! 빨리!"

일본 기자 하나가 더그아웃에 와서 소리쳤다.

그러자 다른 일본 기자가 냉큼 리모컨으로 TV를 켰다.

TV 화면에는 후조 TV 독점이라는 타이틀과 함께 하리모토 쇼타의 기자회견이 생중계되고 있었다.

"뭐야? 메이저리그 진출 기자회견인 거야?"

"젠장할. 후조 놈들. 저런 특종을 자기들끼리 독차지하다니!"

"하지만 하리모토 쇼타가 메이저리그에 진출하는 건 이미 알려진 사실이니까 별거 없잖아, 안 그래?

"그건 그래. 저렇게 독점이라고 떠들어 봐야 시청자들의 이목을 잡아끌기 어려울 거라고."

일본 기자들은 대수롭지 않은 얼굴로 인터뷰를 지켜봤다.

하지만 그것도 잠시. 인터뷰 하단에 하리모토 쇼타의 충격 선언이 곧 발표된다는 자막이 떠오르자 기자들의 눈빛이 흔들리기 시작했다.

"설마 쇼타가 메이저리그 진출을 포기한다거나 그러는 건 아니겠지?"

"에이, 설마. 구단이 어떻게 허락해 준 기회인데 그걸 포기하겠어?"

"맞아. 지금 몸값도 적잖게 뛰었는데 이 기회를 놓치는 건 바보짓이라고!"

일본 기자들은 혹시라도 하리모토 쇼타가 메이저리그 진출을 번복이라도 할까 봐 전전긍긍했다.

그렇지 않아도 일본 언론들이 지나치게 하리모토 쇼타의 몸값을 부풀리면서 메이저리그 구단들이 입찰을 주저한다는 이야기가 나돌던 차였다.

만약 하리모토 쇼타의 입에서 언론을 탓하는 말이 한마디라도 나온다면 그 불똥이 괜히 자신들에게까지 옮겨질 수 있었다.

그러나 다행히도 하리모토 쇼타는 메이저리그 진출을 포기할 생각이 눈곱만큼도 없었다.

그렇다고 일본 언론이 만들어낸 거품을 뒤집어쓰고 싶지도 않았다.

"이번 포스팅을 통해 복수의 구단과 협상을 하게 된다면 연봉보다는 제 개인적인 소망들을 이루어줄 수 있는 구단과 계약할 생각입니다."

하리모토 쇼타는 개인적인 소망에 대한 구체적인 언급은 하지 않았다.

다만 항간에 부풀려진 것처럼 많은 연봉을 받을 생각이 없다는 뜻을 분명히 했다.

이 같은 하리모토 쇼타의 기자회견이 전해지자 메이저리그 구단들도 부산해졌다.

하리모토 쇼타의 몸값이 2억 달러를 넘어섰을 때만 해도 부담을 느끼고 입찰을 포기하겠다던 구단이 적잖았는데 하리모토 쇼타가 재빨리 진화에 성공하면서 분위기가 다시 포스팅 참여 쪽으로 흐르기 시작한 것이다.

"하리모토 쇼타가 갑자기 돈을 포기한 이유가 뭘까?"

"아마 한정훈 때문일 겁니다. 자신이 많은 돈을 바라면 바랄수록 한정훈과 한 팀에서 뛰기 어려워질 테니까요."

"그렇게까지 해서 한정훈과 함께하고 싶다니. 이해가 가지 않는군. 혹시 또 다른 이유가 있는 거 아냐?"

"그렇지 않아도 한정훈과 하리모토 쇼타의 관계를 면밀히 조사했는데 별다른 특이점은 발견되지 않았습니다. 다만 하리모토 쇼타를 잘 아는 야구인들은 하리모토 쇼타의 동경의 대상이 오타니 쇼헤에서 한정훈으로 바뀌었기 때문에 한정훈과 같은 팀에서 뛰고 싶어 하는 거라고 추측하고 있습니다."

"단지 그런 건전한 이유라면 좋겠지만 만에 하나 구설수에 오를 만한 관계일지도 모른다는 생각이 자꾸 드는군."

"어쨌든 이제는 결단을 내려야 합니다. 하리모토 쇼타를 집고 한정훈을 잡을 것인지, 아니면 하리모토 쇼타를 버리고 한정훈을 잡을 것인지 말이죠."

각 구단들은 장고에 들어갔다.

하리모토 쇼타의 영입이 한정훈의 영입에 확실한 도움이 된다는 보장이 없는 상황에서 하리모토 쇼타에게 돈 보따리를 풀기가 쉽지 않은 것이다.

그러나 하리모토 쇼타가 포스팅을 신청한 지 일주일이 지나고 비공개 입찰이 마감됐을 때 30개 구단 중 무려 21개 구단에서 포스팅에 참여했다.

확실한 정보가 아니라 하더라도 하리모토 쇼타와 한정훈의 친분을 무시하기 어렵다고 판단한 것이다.

21개 모든 구단이 상한선인 2천만 달러의 입찰액을 써냈다.

메이저리그 사무국은 이 사실을 재팬햄 측에 전달했다.

"하리모토 쇼타 선수가 원하는 건 다음과 같습니다."

하리모토 쇼타와 계약한 에이전트 마토 사케유키는 입찰에 참여한 모든 구단의 관계자를 만나 하리모토 쇼타의 뜻을 전했다.

첫째. 최대 3년 계약의 합리적인 연봉을 제안해 줄 것.

둘째. 우승에 도전할 수 있는 전력을 갖춰줄 것.

셋째. 한정훈을 영입해 줄 것.

하리모토 쇼타의 요구 조건이 전해지면서 메이저리그 구단 관계자들의 희비가 엇갈렸다.

"3년? 그게 정말이야?"

"젠장! 3년이면 1억 달러 미만으로 붙잡을 수 있는 금액이잖아!"

"누구야? 누가 하리모토 쇼타가 7년 계약을 원한다고 떠들어 댄 거야!"

하리모토 쇼타의 기자회견을 일종의 퍼포먼스로 보고 포스팅 입찰을 포기한 구단들은 아쉬움에 발을 동동 굴렀다.

한정훈과 하리모토 쇼타의 관계를 일본 측의 조작이라 여겼던 구단들도 마찬가지.

설마하니 하리모토 쇼타가 대놓고 한정훈의 영입을 요구할 것이라고는 미처 생각하지 못한 반응이었다.

그러나 입찰에 참여했다 하더라도 모든 구단이 다 웃을 수 있는 건 아니었다.

"우승이라니, 젠장할."

"이제 막 리빌딩을 시작했는데 무슨 수로 우승 전력을 만들라는 거야?"

21개 구단 중 월드 시리즈 패권에 도전할 수 있는 팀은 손에 꼽힐 정도였다.

그리고 월드 시리즈 도전을 위해 돈 보따리를 풀 구단도 그리 많지 않았다.

"이렇게 된 거 돈이라도 많이 찔러보자고."

"많은 돈을 주겠다는데 마다할 에이전트는 없겠지."

우승 전력 제한에 걸린 구단들은 앞다투어 하리모토 쇼타에게 높은 몸값을 요구했다.

그러면서 하리모토 쇼타와 한정훈이 합류할 경우 월드 시리즈 우승도 문제없다며 큰소리를 쳐 댔다.

하지만 그런 구단들은 에이전트인 마토 사케유키 선에서 처리가 됐다.

"좋은 제안 감사합니다. 긍정적으로 논의하고 조만간 답변 드리도록 하겠습니다."

마토 사케유키는 일본 특유의 다테마에 화법을 통해 비우승 전력의 구단들을 안심시켰다.

그러면서 내부적으로 고르고 고른 7개의 구단들과 별도의 미팅을 진행했다.

마에다 켄타가 뛰고 있는 다저스.

다나카 마스히로가 뛰고 있는 양키즈.

우에하라 코지가 뛰었던 레드삭스.

다르비스 류가 뛰고 있는 레인저스.

하드 뱅크의 막대한 재정 지원을 받은 어슬레틱스.

월드 시리즈 장기 집권을 노리는 자이언츠.

가을 좀비라 불릴 만큼 포스트시즌에 강한 카디널스.

이들 7개의 구단은 마토 사케유키에게 개별적으로 최종 연봉 협상 제안서를 보냈다.

마토 사케유키는 그중 3개 구단을 다시 한 번 추린 뒤 하리모토 쇼타에게 건넸다.

"예상보다 많은 구단에서 우리가 생각했던 그 옵션을 집어 넣어 줬습니다."

계약 제안서를 확인한 하리모토 쇼타가 피식 웃었다.

세 구단의 계약서 안에는 공교롭게도 비슷한 내용의 특별 조항이 포함되어 있었다.

만약 구단이 한정훈과 계약을 체결하지 못할 경우 하리모토 쇼 타는 잔여 시즌 연봉을 포기하고 2년 차 때 곧바로 FA가 될 수 있다.

이 경우 구단은 하리모토 쇼타에게 잔여 연봉의 일부를 위약금 으로 지불해야 한다.

하리모토 쇼타에게 계약을 제안한 모든 구단이 한정훈과 의 계약을 자신했다.

하지만 그들 중 한정훈과 계약하지 못하는 상황에 대해 보 상을 해주겠다는 곳은 단 일곱 곳뿐이었다.

그 7개 구단 중 단순히 금전적인 보상만 제안한 게 네 곳 이었다.

그리고 나머지 세 개 구단에서 하리모토 쇼타가 원하던 옵 트아웃 조항을 포함시켜 주었다.

"일단 연봉 총액은 어슬래틱스 쪽이 가장 높습니다."

하리모토 쇼타는 가장 밑에 깔려 있는 계약서를 살폈다.

어슬레틱스가 쇼타에게 제안한 연봉은 5년 계약 총액 1억 5천만 달러.

연평균 3천만 달러에 이르는 금액이었다.

"생각보다 많네요."

계약서를 빠르게 훑어 내린 하리모토 쇼타가 고개를 주억 거렸다.

우승 전력 구성에 물음표가 찍혀 있긴 하지만 하리모토 쇼 타가 원하던 특별 옵트아웃 조항이 포함된 이상 어슬레틱스 의 제안은 확실히 구미가 당겼다.

하지만 마토 사케유키가 어슬레틱스의 계약서를 가장 마 지막에 배치한 데에는 그만한 이유가 있었다.

"일단 쇼타 선수가 바라는 대로 3년째 옵트아웃 조건이 있 으니 계약 기간은 큰 문제가 없어 보입니다. 다만 연차별 연 봉 차등이 심합니다. 4, 5년 차 때 받을 수 있는 연봉이 무려 9천만 달러입니다."

어슬레틱스가 제안한 계약에 따르면 1년 차 때 하리모토 쇼타가 받을 수 있는 연봉은 1,500만 달러였다.

2년 차 때 2,000만 달러로 오르며 3년 차 때 2,500만 달러 까지 높아진다.

3년 기준으로 따지면 총액 6천만 달러, 연평균 2천만 달러 수준.

한정훈과 엮이기 전 하리모토 쇼타의 연평균 몸값과 별반 다르지 않았다.

그럼에도 어슬레틱스가 5년 계약을 제안한 건 연봉 총액을 높여서 하리모토 쇼타의 마음을 흔들기 위함이었다.

하리모토 쇼타가 옵트아웃을 행사하지 않을 경우 4년 차 때 받을 수 있는 연봉은 4천만 달러. 5년 차 때는 무려 5천만 달러였다.

대부분의 메이저리그 구단에서 스타플레이어와 장기 계약을 맺을 시 연도별 차등 계약을 맺는다는 걸 악용한 것이나 다름없었다.

그래서 마토 사케유키는 가장 많은 연봉을 제안한 어슬레틱스의 계약 제안서를 가장 밑으로 빼버렸다.

자신이 하리모토 쇼타의 에이전트로 남아 있는 한 어슬레틱스와 계약할 일은 절대 없다는 의지의 표현처럼 말이다.

다행히도 하리모토 쇼타 역시 어슬레틱스에 별다른 미련이 없었다.

"이런 식이면 한정훈을 영입하는 것도 어렵겠네요."

하리모토 쇼타는 어슬레틱스의 스타일로는 한정훈을 영입하기 불가능하다고 단언했다.

그리고 마찬가지 이유로 우승권 전력을 만들기도 어렵다고 판단했다.

"남은 두 구단은 어딘가요?"

하리모토 쇼타가 마토 사케유키를 바라봤다.

"다저스와 양키즈입니다."

마토 사케유키가 다소 긴장된 얼굴로 대답했다.

다저스에서 하리모토 쇼타에게 제안한 금액은 생각 이상으로 낮았다.

3년 총액 4천만 달러.

포스팅 비용까지 포함하면 연평균 2천만 달러.

순수 선수 연봉만 따지면 연평균 1,333만 달러에 그쳤다.

물론 다저스는 마에다 켄타의 계약 때처럼 다양한 옵션들을 제안했다.

투구 이닝과 탈삼진, 평균 자책점, 승리 등을 다른 구단들보다 훨씬 세분화해서 추가 연봉을 받을 수 있는 기회를 열어놓았다.

"쇼타 선수의 지난 4년간 성적을 토대로 최소 연봉을 추산해 봤는데 연평균 2,200만 달러 정도로 예상됩니다."

다저스의 계약서를 천천히 훑어 내리는 하리모토 쇼타를 바라보며 마토 사케유키가 냉큼 부연 설명을 늘어놓았다.

다저스에서 보장해 주는 금액은 4천만 달러가 전부였지만 달성이 가능해 보이는 옵션까지 포함하면 최소 6,600만 달러 계약으로 봐도 무방하다는 것이었다.

거기에 다저스에서 제안한 모든 옵션을 충족시키면 연평균 3,500만 달러까지 받을 수 있었다.

그렇게 된다면 포스팅 비용 포함 3년 총액 1억 2,500만 달러의 계약이다.

이 정도면 메이저리그 2선발급 계약으로 봐도 무방해 보였다.

"양키즈는 4년 계약이네요."

묵묵히 고개를 끄덕거리던 하리모토 쇼타가 마지막으로 양키즈가 보낸 계약서를 살폈다.

양키즈가 제안한 계약 기간은 총 4년.

어슬레틱스와 마찬가지로 4년 차 연봉을 포기할 시 3년째 FA 신청을 할 수 있다는 옵트아웃 조건이 걸려 있었다.

하리모토 쇼타에게 제안한 연봉은 4년 총액 1억 달러였다.

연봉은 1, 2년 차 때 2천만 달러, 3, 4년 차 때 3천만 달러로 책정됐다.

거기에 성적에 따른 별도의 옵션도 달려 있었다.

"어느 팀이 마음에 드십니까?"

마토 사케유키가 조심스럽게 물었다.

"흠……."

하리모토 쇼타가 다저스와 양키즈, 두 구단의 계약서를 들며 길게 신음했다.

'양키즈보다는 다저스가 나은데…….'

마토 사케유키가 긴장 어린 눈으로 하리모토 쇼타를 바라봤다.

보장 연봉의 많고 적음을 떠나 팬들과 언론이 극성맞기로 유명한 양키즈보다는 교포가 많이 살고 있는 다저스에서 선수 생활을 하는 게 여러모로 나아 보였다.

하지만 하리모토 쇼타는 거부할 수 없는 이유를 들어 다저스가 아닌 양키즈의 계약 제안서를 집어 들었다.

"저 타격 못해요."

"……네?"

"별로 타석에 서고 싶지도 않고요."

다저스는 투수가 타석에 들어서야 하는 내셔널 리그에 속해 있었다.

반면 양키즈는 지명타자 제도가 있는 아메리칸 리그 팀이었다.

"알겠습니다."

마토 사케유키가 마지못해 고개를 끄덕였다.

그리고 양키즈 구단 관계자를 만나 최종 협상을 벌인 뒤 계약서에 서명을 했다.

[하리모토 쇼타! 핀 스트라이프 입는다!]
[하리모토 쇼타, 양키즈와 4년 1억 달러 계약 체결!]

하리모토 쇼타의 행선지가 전해지자 일본은 물론 국내 야구계도 크게 들썩거렸다.

└아싸, 쇼타 양키즈행!

└이렇게 되면 한정훈도 핀 스트라이프 입는 건가?

└ㅋㅋㅋ 이러다 한정훈에 쇼타에 다나카 마스히로까지, 아시아 투수가 1, 2, 3선발 다 해먹겠는데?

한정훈이 양키즈에 가기를 바랐던 팬들은 한목소리로 하리모토 쇼타의 양키즈행을 반겼다.

반면 한정훈이 류현신과 같은 팀에서 뛰기를 바랐던 다저스 팬들은 당혹감을 감추지 못했다.

└쇼타 생각이 없네. 당연히 다저스에 갔었어야지.

└아니 다저스가 있는데 뭐 하러 양키즈를 가?

└양키즈 가서 관중들 야유 소리에 고막 좀 찢어져야 정신 차릴 듯.

└쇼타가 설마 양키즈에 가고 싶어서 갔겠냐. 갈 수밖에 없으니까 갔겠지.

└하긴, 안 봐도 비디오다. 프리드먼 그 쉐키가 또 연봉 짜게 부른 거겠지.

└정훈아! 제발! 현신이 은퇴하기 전에 다저스 우승하는 꼴 한 번만 보자아!

국내 레드삭스 팬들은 당혹감을 넘어 군대 간 사이 여사 친구가 고무신 거꾸로 신기라도 한 것처럼 분개했다.

ㄴ와, 시팔. 내가 다저스면 그러려니 했는데 양키즈? 장난 똥 때리나.

ㄴ쇼타는 생각이 있는 거냐, 없는 거냐? 역사로 보나 전통으로 보나 우승 가능성으로 보나 당연히 레드삭스 아냐?

ㄴ아냐, 차라리 잘됐어. 듣기로는 한정훈하고 쇼타하고 별로 안 친하다던데 양키즈 엿 먹어보라지.

ㄴ레드삭스! 쓸데없이 간 보지 말고 확실히 질러라. 한정훈 양키즈한테 빼앗기면 진짜 집에 있는 유니폼 다 불태워 버린다!

　

일본에서 돌아온 한정훈은 프로야구 최초로 4년 연속 MVP(리그 통합 MVP & 서부 리그 MVP), 투수 부분 4관왕, 골든 글러브를 차지하며 한국 야구사에 큼지막한 족적을 다시 한 번 새겨 넣었다.

하지만 정작 야구팬들의 관심사는 오로지 한정훈의 행선지에 쏠려 있었다.

예정대로 한정훈이 특별 포스팅 제도를 통해 메이저리그 진출을 밝히자 야구 커뮤니티들은 더욱 뜨거워졌다.

포털 사이트들은 저마다 설문조사를 실시해 야구팬들의 여론을 수렴했다.

놀랍게도 투표자의 60퍼센트 이상이 류현신이 뛰고 있는 다저스를 꼽았다.

상당수 전문가도 선배인 류현신이 활약하고 있고 한인 교포가 많다는 이유를 들어 한정훈의 다저스행을 긍정적으로 점쳤다.

하지만 정작 한정훈과 가까운 지인들의 대답은 전혀 달랐다.

"설문 조사 결과 다저스가 높게 나오는데요. 솔직히 한정훈 선수 스타일상 다저스에 갈 가능성은 낮다고 봅니다."

"야구팬들이 들으면 대단히 섭섭해할 이야기인데요."

"한정훈 선수는 투구에 집중하는 스타일이기 때문에 아메리칸 리그 팀을 선택할 거라 생각합니다. 그리고 이건 그냥 웃자고 해본 이야기이지만 만약 국내 리그가 양대 리그제로 개편됐을 때 서부 리그가 정말로 지명타자 제도를 폐지했다면 한정훈 선수는 스톰즈가 아니라 스타즈 유니폼을 입고 있었을지도 모릅니다."

소속 방송사의 특별 프로그램에 패널로 참석한 서재훈은 한정훈의 다저스행은 가능성이 없다고 일축했다.

고교 시절 은사였던 강혁도 모 신문사와의 인터뷰에서 한정훈이 아메리칸 리그의 구단과 계약하길 희망한다는 뜻을 전했다.

┗와, 진짜 서재훈 극혐이다. 지 일 아니라고 막말하네.

┗내 말이. 다저스에서 오래전부터 한정훈 눈여겨보고 있다고 신문에까지 났는데 무슨 아메리칸 리그 타령이야?

┗스톰즈 유니폼도 파란색이고 다저스 유니폼도 파란색이면 운명 아니냐?

┗한정훈 기록을 위해서라도 다저스 가야 한다고. 다저스 경기장이 투수한테 얼마나 유리한지 모르냐?

┗한정훈! 너 박찬오 존경한다며? 그러니까 좋은 말 할 때 다저스 가자. 진짜 내가 지켜본다.

일주일간의 입찰 기간이 끝나고 입찰 결과가 발표됐다.

모든 이의 예상대로 메이저리그 30개 구단에서 전부 3천만 달러의 상한액을 써내며 한정훈의 영입 전쟁에 참여할 뜻을 밝혔다.

그 결과가 메이저리그 사무국과 협회를 거쳐 베이스 볼 61에 전해졌다.

"혹시 원하시는 계약 조건이 있으십니까?"

협상을 앞두고 박찬영 대표가 한정훈을 찾아왔다.

한정훈이 원하는 조건이 있다면 수단과 방법을 가리지 않고 계약서에 집어넣을 생각이었다.

하지만 이미 메이저리그 최고 대우가 확정된 마당에 더 이상 욕심을 부릴 만한 건 많지가 않았다.

"에이, 그냥 대표님이 알아서 잘해 주세요."

한정훈이 대수롭지 않게 말했다.

굳이 자신이 언급하지 않더라도 꼼꼼한 박찬영 대표가 최선의 계약을 해줄 것이라고 굳게 믿었다.

"후우……. 이거 그 말씀이 더 부담스러운데요."

박찬영 대표가 너스레를 떨었다.

한정훈의 믿음과 기대에 부응하기 위해서라도 계약서의 토시 하나 놓치지 않고 꼼꼼히 살펴봐야 할 것 같았다.

"참, 그리고 쇼타 선수와는……."

자리에서 일어나기 위해 꺼낸 서류를 정리하던 박찬영 대표가 슬그머니 운을 뗐다.

그러자 한정훈이 보란 듯이 미간을 찌푸렸다.

"대표님까지 왜 이러세요."

한정훈을 향한 쇼타의 집착은 계약상에서 끝나지 않았다.

평소 거의 쓰지 않던 SNS에 양키즈 유니폼을 올린 뒤 보란 듯이 '한정훈, 빨리 와라'라는 글을 올려 불필요한 오해를 조장하고 있었다.

"하하, 아닙니다. 저는 그저 쇼타 선수처럼 한정훈 선수도 같은 팀에서 뛰고 싶은 의향이 있는지를 확인하고 싶었을 뿐입니다."

박찬영 대표가 슬그머니 한발 물러났다.

그러면서도 한정훈의 대답은 꼭 들어야겠다는 심을 챙기

는 척 뭉그적댔다.

"하아, 양키즈가 좋은 조건을 제시한다면 갈 생각 있어요. 하지만 쇼타 때문에 양키즈에 갈 생각은 없어요."

보다 못한 한정훈이 단호하게 자신의 입장을 정리했다.

쇼타와 같은 팀에서 뛰고 싶은 욕심은 아직 남아 있지만 조건상 손해를 보면서까지 양키즈와 계약할 정도는 아니었다.

"알겠습니다. 그렇게 하겠습니다."

박찬영 대표가 이내 고개를 주억거렸다.

그 역시도 한정훈이 쇼타 때문에 양키즈를 고집할 이유는 없다고 여겼다.

'이렇게 되면 양키즈와의 협상 테이블은 뒤로 미뤄놔야겠어.'

박찬영 대표는 만남을 원하는 메이저리그 구단들과의 스케줄을 다시 정리했다.

협상 마감까지는 아직 여유가 있었다. 메이저리그 전 구단이 포스팅에 참여한 이례적인 상황 때문에 메이저리그 사무국은 물론이고 협회 측에서도 협상 일정을 최대한 배려해 준 상태였다.

하지만 박찬영 대표는 여유를 부릴 수가 없었다.

메이저리그 30개 구단과 최소한 한 번씩 협상 테이블을 만들기 위해서라도 지금부터 분주하게 움직여야 했다.

"우리가 처음이라고?"

"네, 일단 그렇게 전해 들었습니다."

"흠……. 이거 왠지 불안한데."

30개 구단 중 첫 번째로 연락을 받았음에도 오리올스 협상 담당자 조이 머킨의 표정은 밝지 못했다.

하고 많은 구단 중에 굳이 오리올스가 1번이 될 이유가 마땅찮았기 때문이다.

한정훈 측에서 재정 형편이 낮은 구단부터 정리하려 했다면 오리올스가 아니라 말린스가 첫 번째 협상 테이블에 앉아야 했다.

올 시즌 오리올스의 페이 롤 순위는 메이저리그 전체 15위.

연봉 규모만 놓고 봤을 때 실질적으로 한정훈 영입이 가능한 구단 중 하나로 꼽히고 있었다.

그럼에도 불구하고 한정훈의 에이전시인 베이스 볼 61에서 가장 먼저 만나길 희망했다는 것은 그만한 이유가 있다는 의미였다.

"설마 부정적인 이유로 우리를 보자는 건 아니겠지?"

"그럴 리가요. 우린 지금까지 꾸준히 한정훈에 대해 관심을 표명해 왔습니다. 그리고 한정훈을 영입하기 위해 실탄도 두둑이 챙겼고요. 베이스 볼 61에서 우리를 싫어할 이유는 없습니다."

"그렇지? 확실하겠지?"

"그럼요. 그러니까 걱정하지 말고 한 번 만나 보십시오. 어쩌면 그동안 한국 선수들을 꾸준히 영입해 온 덕분에 첫 번째로 선택된 것인지도 모릅니다."

작년에 오리올스에 들어온 조이 머킨은 협상팀의 말을 곧 이곧대로 받아들였다.

그리고 다음 날, 당당하게 베이스 볼 61을 찾았다.

"저희 구단에 첫 기회를 줘서 감사합니다."

"아닙니다. 저희도 오리올스와 처음으로 이야기할 수 있어서 영광스럽게 생각하고 있습니다."

조이 머킨과 박찬영 대표가 동석한 회의장의 분위기는 좋았다.

가벼운 농담부터 시작해 한정훈에 대한 기대와 전망까지 대화가 술술 이어졌다.

'확실히. 오리올스에 대해 우호적이야.'

내심 걱정했던 조이 머킨도 한정훈이 오리올스 입단을 강하게 희망하고 있는 것은 아닌가 하는 착각에 빠져들었다.

그만큼 박찬영 대표는 물론 김상엽 팀장과 다른 직원들의 리액션이 좋았다.

조이 머킨의 말을 경청하면서 하나같이 입가에 웃음을 매달고 있었다.

하지만 본격적인 협상에 들어가자 협상 분위기가 180도 달라졌다.

"흠, 일단 오리올스 측에서 제안한 연봉은 잘 알겠습니다."

연봉에 관한 내용을 훑던 박찬영 대표의 표정이 가장 먼저 굳어졌다.

6년 계약에 3억 5천만 달러.

첫해 4천만 달러를 시작으로 5천만 달러, 6천만 달러, 6천만 달러, 7천만 달러, 7천만 달러를 받는 식이었다.

오리올스의 재정 규모를 감안했을 때 6년 3억 5천만 달러는 첫 제안치고 나쁘지 않았다.

당초 예상했던 6년 3억 2천만 달러보다 3천만 달러나 높이 책정되어 박찬영 대표도 살짝 눈동자가 흔들릴 정도였다.

그러나 지금까지의 전례가 말해주듯 오리올스의 꼼수는 여전했다.

오리올스는 4년 이후 1천만 달러를 지불하고 한정훈과 계약을 포기할 수 있는 구단 옵션을 희망했다.

만에 하나 한정훈이 기대에 못 미치는 활약을 펼칠 경우에 대비하겠다는 이야기였다.

이 같은 구단 옵션이 메이저리그 대부분의 고액 장기 계약자들의 계약서에 빠지지 않고 등장하는 만큼 박찬영 대표도 그 자체를 부정적으로 보진 않았다.

다만 마지막 2년 동안 연봉의 40퍼센트를 묶어놓고 이런 식의 구단 옵션을 걸어놓았다는 건 한정훈에게 고액 연봉을 주는 게 아깝다는 속내를 드러낸 거나 다름없어 보였다.

게다가 문제는 연봉만이 아니었다.

"저기 팀장님, 이것 좀 보셔야 할 거 같은데요."

"뭔데?"

"아무리 찾아봐도 메이저리그 로스터 보장 조건이 안 보여요."

"그게 무슨 소리야? 빼먹고 놓친 거 아냐?"

"저도 그런 줄 알았는데 최 대리도 안 보인다고 하고요."

"허……!"

"그리고…….'

"그리고라니? 또 뭐가 있는데?"

"트레이드 거부권도 빠진 거 같습니다."

"허……!"

팀원들과 함께 눈이 빠져라 계약서를 살피던 김상엽 팀장의 입에서 헛웃음이 터져 나왔다.

아무리 계약서 초안이라고는 하지만 스타플레이어들에게 기본적으로 적용되는 메이저리그 로스터 보장과 트레이드 거부권마저 없다니.

계약을 하겠다는 건지 말겠다는 건지 이해가 가지 않을 지경이었다.

"다들 다시 한 번 찾아봐! 빨리!"

한정훈은 기대 반 걱정 반으로 고개를 주억거렸다.

그렇지 않아도 박찬오와 서재훈으로부터 구단 관계자를 직접 만나 볼 필요가 있다는 조언을 들은 터였다.

"그럼 내일 오후쯤에 약속을 잡겠습니다. 대단한 자리는 아닐 테니까 편히 입고 나오십시오."

박찬영 대표가 긴장할 것 없다며 한정훈을 다독거렸다.

하지만 그날 저녁.

[다저스 앤디 프리드먼 사장, 극비 한국행!]

[인천 공항 도착한 앤디 프리드먼 사장. 인터뷰는 사절. 목표는 한정훈!]

다저스의 앤디 프리드먼 사장이 입국하면서 분위기가 확 달라져 버렸다.

"젠장, 살이 쪘나. 셔츠가 좀 끼네요."

"이런! 죄송합니다. 구단 직원이 한 치수 작은 걸 가지고 왔네요."

"이 옷 입고는 오래 못 버틸 거 같은데요."

"김 팀장에게 말해서 새로 구해 오라고 하겠습니다. 조금만 기다려 주세요."

졸지에 정장을 차려 입게 된 한정훈은 죽을 맛이었다.

몸에 맞지 않는 셔츠도 문제였지만 이런 불편한 차림으로 다저스의 앤디 프리드먼 사장과 마주해야 한다는 게 부담스럽기만 했다.

그건 박찬영 대표도 마찬가지였다.

한정훈의 에이전시로서 최종 협상 때는 목에 힘을 한번 줘볼 생각이었는데 설마하니 앤디 프리드먼 사장이 직접 비행기를 타고 날아올 줄은 생각지도 못한 얼굴이었다.

얼마 전까지 박찬영 대표와 협상을 진행했던 협상팀의 반응도 별반 다르지 않았다.

"젠장, 프리드먼 사장이 직접 올 줄은 몰랐는데."

"그러게 말이야. 이거 오늘 한정훈에게 사인을 받아내지 못하면 우리 팀 모두 사직서를 써야 할지도 모르겠어."

1차 협상과 2차 협상 내내 양측의 분위기는 좋았다.

다저스 협상팀은 매번 다른 구단에 꿇리지 않는 계약 조건을 내놓았다.

그리고 박찬영 대표의 요구 조건을 적극적으로 수용하려 애썼다.

그래서 박찬영 대표도 다저스를 2순위 구단으로 점찍었다.

내셔널리그 구단이라 리그 적합성에서 0점을 받았는데도 말이다.

이 정도면 다저스 협상팀도 최선을 다했다고 봐야 했다.

그런데도 앤디 프리드먼 사장이 날아왔으니 가시방석에

앉은 기분이었다.

그러나 앤디 프리드먼 사장은 다저스 협상팀의 일 처리가 마음에 들지 않아 직접 나선 게 아니었다.

오히려 그 반대였다.

"2순위라니. 우리가 밀린 이유가 단지 리그 때문입니까?"

"일단 전해 들은 바로는 그렇습니다."

"그럼 어떻게든 오늘 이 자리를 통해 1순위가 됩시다."

다저스 협상팀은 분명 기대 이상의 성과를 냈다.

내셔널리그에 대한 페널티에도 불구하고 다른 구단들을 제치고 다저스를 2순위 협상 대상자로까지 끌어올렸으니 박수를 받아 마땅해 보였다.

하지만 결과만 놓고 봤을 때 다저스는 여전히 2순위 대상자였다.

그리고 이번 최종 협상 때 그 순위를 뒤집지 못한다면 한정훈 영입은 물거품이 될 수밖에 없었다.

그래서 앤디 프리드먼 사장은 모든 일정을 미뤄두고 곧바로 한국으로 날아왔다.

다저스 협상팀에게 이 이상의 결과를 바라는 건 욕심이었다.

그보다는 자신이 직접 나서서 한정훈의 필요성을 어필하는 게 역전 홈런을 때려낼 유일한 방법이라고 여겼다.

"준비는 확실히 됐겠지?"

"걱정하지 마십시오. 직원들이 밤을 새워서 만들었습니다. 분명 한정훈 선수의 마음을 움직일 수 있을 겁니다."

"좋습니다. 그럼, 이제 역전 홈런을 날려봅시다."

앤디 프리드먼 사장의 들뜬 기대감 속에 다저스 구단이 준비한 프레젠테이션이 시작됐다.

드르륵.

영사기 소리와 함께 대형 스크린에 영상이 맺혔다. 뒤이어 다저스 스타디움의 전경이 천천히 펼쳐졌다.

"저희 다저스 구단은······."

영상에 맞춰 구단 직원이 한국어로 상황을 설명했다.

당초 영문 자막을 입혔지만 한정훈이 영어에 약하다는 소식을 듣고 부랴부랴 한국인 직원을 동행시킨 것이다.

말 한 마디만 실수해도 수억 달러의 계약이 날아가는 상황이었지만 구단 직원은 침착하게 말을 이어갔다.

덕분에 한정훈도 부담 없이 다저스 구단이 준비한 영상을 즐길 수 있었다.

다저스 구단의 정경에 이어 다저스 구단의 역사가 짧게 소개됐다.

한국 사람들이 역사와 전통을 중요하게 여긴다는 걸 간과하지 않은 것이다.

인터넷을 뒤져 보면 누구나 확인할 수 있을 만한 내용이었지만 한정훈은 고개를 주억거렸다.

내용을 떠나 다저스에 대해 잘 알지 못하는 자신을 위해 이 정도까지 배려해 준다는 거 자체가 내심 고맙기만 했다.

그렇게 한정훈이 다저스에 대한 긍정적인 감정에 젖어들던 무렵.

"안녕, 한정훈. 내가 누군 줄 아니?"

영상 위로 다저스 유니폼을 입은 키 큰 선수 한 명이 나타났다.

순간 앤디 프리드먼 사장을 비롯한 다저스 관계자들의 시선이 한정훈에게 향했다.

설마 그럴 리는 없겠지만 만에 하나 한정훈이 영상 속 사내를 알아보지 못하거나 좋아하지 않으면 어쩌나 불안했던 것이다.

그러나 다행히도 한정훈의 반응은 기대 이상이었다.

"허! 커셔!"

한정훈은 자신도 모르게 자리에서 벌떡 일어났다.

설마하니 메이저리그 최고의 투수로 군림하고 있는 다저스의 에이스, 클레이튼 커셔가 자신을 위해 한국어로 인사말까지 준비할 줄은 예상하지 못한 것이다.

하지만 클레이튼 커셔가 준비한 건 인사말만이 아니었다.

"한정훈, 다저스로 와. 나와 함께 월드 시리즈 마운드에 오르자. 다저스는 좋은 투수가 많아. 류현신도 있고 마에다 켄타도 있어. 너만 다저스에 온다면 다저스는 내년에 월드 시리즈 우승을 차지할 거야. 그러니까 빨리 와."

클레이튼 커셔는 제법 긴 한국어를 또박또박 내뱉었다.

그것도 오랫동안 연습을 한 듯 중간에 멈추거나 말을 더듬지도 않았다.

그리고 그 모습은 한정훈에게 또 다른 감동으로 다가왔다.

'클레이튼 커셔가 나를 위해 이렇게까지 하다니……'

한정훈은 괜히 손등으로 코끝을 훔쳤다.

팀을 위해 이렇게 노력하는 에이스가 있다는 것만으로도 다저스는 충분히 축복받은 팀처럼 느껴졌다.

클레이튼 커셔에 이어 다저스의 중심 선수들도 돌아가며 한정훈을 원한다는 메시지를 남겼다.

그들 중 누구도 장난을 치거나 마지못한 표정을 짓지 않았다.

다들 한목소리로, 진심을 담아 한정훈이 필요하다고 말했다.

당연하게도 한정훈은 영상에서 눈을 떼지 못했다.

눈시울이 점점 뜨거워졌지만 선수들의 메시지를 놓칠세라 끝까지 시선을 움직이지 않았다.

그 모습이 앤디 프리드먼 사장은 물론 다저스 관계자들의 눈시울까지 붉어지게 만들었다.

그렇게 메이저리그 로스터에 포함된 스물네 명의 선수가 화면 위로 스쳐 지났다.

그리고 대미를 장식하듯 통통한 외모의 선수가 공을 쥐고
나타났다.

"정훈아, 현신이 형이야. 예전에 형하고 했던 말 기억하
지? 기회가 되면 같은 구단에서 뛰자고 말이야. 지금이 그
기회야. 다음은 없어. 형도 내년이면 서른다섯이야. 그러니
까 꼭 다저스로 와라. 기다릴게."

류현신의 등장에 한정훈은 자신도 모르게 함박웃음을 터
뜨렸다.

어려서부터 박찬오 다음으로 좋아하고 동경했던 메이저
리거, 류현신이 자신을 기다리고 있다는 게 꼭 꿈처럼 느껴
졌다.

그러나 다저스 선수들이 한정훈의 합류를 원하는 건 엄연
한 사실이었다.

본래 류현신에게만 부탁했던 동영상 촬영이 메이저리그
로스터에 포함된 모든 선수에게 확대된 것만 봐도 알 수 있
었다.

그리고 그들은 확신했다. 한정훈의 실력이라면, 한정훈이
다저스 유니폼을 입기만 해준다면 월드 시리즈 우승은 떼놓
은 당상이라고 말이다.

그 신념이, 갈망이 영상이 끝난 이후에도 한정훈의 마음을
강하게 흔들어 놓았다.

"아무래도 한정훈 선수가 감동을 받은 것 같습니다."

한정훈을 힐끔거리던 관계자 하나가 앤디 프리드먼 사장에게 귓속말을 전했다.

"당연한 결과입니다. 내가 봐도 뭉클한데요."

앤디 프리드먼 사장이 만족스런 얼굴로 답했다.

최종 협상에 대비해 다급하게 준비된 영상치고 너무 훌륭했다.

만약 한정훈 영입에 성공한다면 그 공을 영상을 제작하고 편집한 직원에게 돌리고 싶을 정도였다.

게다가 구단 직원들이 밤을 새워서 준비한 프레젠테이션 영상은 이뿐만이 아니었다.

"이 집 보이세요? 이건 한정훈 선수가 다저스에 오면 잠시 머물게 될 집입니다. 왜 잠시냐고요? 이 집은 말 그대로 임시 거처이기 때문입니다. 계약과 동시에 다저스 전담 디자이너가 한정훈 선수를 찾아갈 겁니다. 그리고 한정훈 선수가 원하는, 최고 수준의 집을 지어줄 겁니다."

여직원의 말과 함께 스크린 위로 할리우드 영화 속에나 나올 법한 초호화 주택의 모습이 펼쳐졌다.

실내 수영장은 기본이고 실내 체력 단련실과 실내 투구 연습장, 심지어 실내 하프 야구장까지.

야구 선수라면 누구나 꿈꾸는 그런 저택들이 느릿하게 스쳐 지났다.

"와……."

한정훈은 반쯤 얼이 빠진 얼굴로 영상 속 저택들을 바라봤다.

4년 연속 MVP를 독식하며 과거와는 전혀 다른 삶을 살고 있었지만 초호화 주택은 신선한 충격이었다.

야구 선수로 살면서 저 정도 호사와 사치는 한 번쯤 누려보고 싶다는 갈망이 솟구칠 정도였다.

"한정훈 표정 봤어?"

"좋아! 이렇게 된 이상 끝까지 가 보자고!"

한정훈의 표정을 유심히 살피던 직원들이 분주하게 손을 움직였다.

그럴 때마다 새로운 영상들이 떠올라 한정훈을 자극했다.

그렇게 길고 길었던 다저스의 프레젠테이션이 끝이 났을 때 한정훈은 물론 박찬영 대표마저 다저스에 푹 빠진 얼굴로 변해 있었다.

"대표님, 저 그냥 사인하면 안 될까요?"

"으으으, 저도 그러고 싶어집니다."

"그래도 참아야겠죠?"

"여, 역시. 한정훈 선수는 인내심이 대단하십니다."

박찬영 대표는 손이 근질거리는 것을 힘겹게 참아냈다.

그리고 앤디 프리드먼 사장과 저녁식사까지 끝마친 뒤 한정훈을 데리고 베이스 볼 61으로 차를 돌렸다.

그 모습을 물끄러미 내려다보던 앤디 프리드먼 사장의 입가로 승리의 미소가 번졌다.

"됐어. 이제 한정훈은 다저스 선수야."

계약서를 들이밀어 사인을 받지 않았지만 앤디 프리드먼 사장은 한정훈이 머잖아 다저스와 계약하길 원할 것이라고 확신했다.

아직 네 구단의 협상이 남은 상태이지만 개의치 않았다.

설사 다른 구단들이 다저스의 스타일을 카피해 차용한다 해도 상관없었다.

오히려 그럴수록 오늘 한정훈의 가슴에 심어 넣었던 다저스를 향한 동경심만 커질 것이라고 여겼다.

"젠장."

"이거 제대로 한 방 먹었군."

다저스가 한정훈을 앞혀놓고 입단 프레젠테이션을 했다는 소식이 전해지자 다른 구단들은 당혹감을 감추지 못했다.

제아무리 한정훈이 대단한 재능을 가진 투수라 하더라도 메이저리그를 대표하는 구단 중 하나가 일개 선수에게 입단을 애원했다니.

같은 메이저리그 구단으로서 회의감이 들 정도였다.

"우리는 기존에 준비했던 대로 진행합시다."

"하지만 팀장님……."

"우린 한정훈을 레드삭스의 일원으로 만들기 위해 한국에 왔습니다. 한정훈에게 레드삭스를 팔려고 온 게 아닙니다."

두 번째 최종 협상 대상 구단이 된 레드삭스는 다저스처럼 몸을 굽히지 않았다.

오히려 메이저리그 구단 특유의 깐깐함을 드러내며 박찬영 대표를 지치게 만들었다.

"한정훈 선수를 따로 만나실 생각은 없습니까?"

협상이 끝날 무렵 박찬영 대표가 레드삭스 팀장에게 넌지시 물었다.

이미 다저스와의 최종 협상 때 한정훈이 동석한 만큼 레드삭스 쪽에서 원한다면 한정훈을 만나게 해줄 생각이었다.

그러나 레드삭스 팀장은 단호한 얼굴로 고개를 저었다.

"그럴 필요 없습니다. 협상은 우리가 하는 거지 한정훈 선수가 하는 게 아니지 않습니까?"

그렇게 레드삭스는 메이저리그 구단의 자존심을 세우는 데 성공했다.

하지만 애석하게도 협상팀은 레드삭스에서의 자리를 지키는 데 실패하고 말았다.

레드삭스에 이어 세 번째로 협상 테이블에 앉은 대상은 레인저스였다.

"한정훈 선수를 위해 레인저스의 유니폼을 준비해 봤습니다."

레인저스 팀장은 자리에 앉기가 무섭게 한정훈 앞으로 레인저스 유니폼을 내놓았다.

유니폼에는 한정훈의 등 번호인 10번과 함께 한정훈이라는 영문 이름이 또렷하게 새겨져 있었다.

"감사합니다."

자리에 동석했던 한정훈이 웃으며 유니폼을 받아 들었다.

하지만 레인저스의 기대만큼 기쁘지는 않았다.

과거 레인저스가 추신우를 영입했을 당시 사용했던 방법을 재활용하고 있다는 느낌을 지우기 어려웠기 때문이다.

그런 줄도 모르고 레인저스 팀장은 구단이 얼마나 한정훈을 원하는가를 설명하는 데 대부분의 시간을 할애했다.

정오에 시작됐던 협상은 자정 무렵에야 끝이 났지만 정작 한정훈의 머릿속에 남은 건 아무것도 없었다.

"이런 식이면 다른 구단들은 만날 필요도 없겠는데요."

"그러게 말입니다. 다른 구단을 만날 때마다 다저스와의 계약서에 사인하지 않은 게 후회가 될 지경입니다."

네 번째 자이언츠와의 만남을 앞두고 한정훈과 박찬영 대표는 육체적으로나 정신적으로 지친 상태였다.

그래서 계약 5순위 구단인 자이언츠에게 별다른 기대조차 하지 않았다.

자이언츠 구단도 협상 전날까지 협상 방식을 두고 이견이 갈린 탓에 한정훈을 놀래킬 만한 무언가를 준비하지 못한 상태였다.

하지만 지난밤 항공편을 통해 바다를 건너온 택배 하나로 반전의 기회를 만들어냈다.

"한정훈 선수, 선물입니다."

"이게 뭔가요?"

"뜯어보시면 아실 겁니다."

한정훈이 무심한 얼굴로 상자를 열었다. 그러다 그 안에 들어 있는 낡은 글러브를 보고 눈을 치떴다.

"이것은……!"

"네. 3년 전인가요. 자이언츠 팬들이 범가너 선수를 위해 특별히 제작해 선물한 글러브입니다."

3년 전, 자이언츠를 또다시 월드 시리즈 무대로 이끌어준 에이스 에디슨 범가너를 위해 자이언츠 팬들은 수제 글러브를 준비했다.

비록 월드 시리즈 우승에 실패했다는 책임감에 고개를 들지 못했던 에디슨 범가너를 격려하기 위한 특별 선물이었다.

글러브에는 '자이언츠의 영원한 에이스, 범가너'라는 문구가 선명하게 새겨져 있었다.

이 글러브를 받고 에디슨 범가너는 하염없이 눈물만 흘려댔다.

그리고 자신의 SNS 계정을 통해 영원히 자이언츠 맨으로 남겠다는 글을 남겨 팬들을 감동시켰다.

그리고 공교롭게도 한정훈 역시 비슷한 글러브를 가지고

있었다.

메이저리그로 떠나는 한정훈을 위해 구단과 팬들이 모금해 준 특별 글러브였다.

그 글러브에도 '스톰즈의 영원한 에이스, 한정훈'이라는 글씨가 새겨져 있었다.

일부 야구팬은 자이언츠 범가너의 글러브를 표절한 것이라며 비웃었지만 한정훈은 그 선물이 너무도 고마웠다.

그래서 자신의 진열장 한가운데 소중히 보관한 상태였다.

그런데 자신이 받은 글러브의 원조 격인 범가너의 글러브가 상자 안에 들어 있었다.

게다가 자이언츠 팀장은 이 글러브가 선물이라고 말했다.

"이게…… 어떻게 된 건가요?"

한정훈이 자이언츠 팀장을 똑바로 바라봤다. 그러자 자이언츠 팀장이 멋쩍게 웃으며 말을 이었다.

"어제 저녁에 범가너 선수에게 전화가 왔습니다. 최종 협상 때 한정훈 선수에게 줄 선물이 있다고 하더라고요. 처음에는 그게 무엇인지 몰랐습니다. 저희도 오늘 아침에 받고나서야 알게 됐죠."

"그럼 이게…… 범가너 선수의 뜻이란 말인가요?"

"물론입니다. 감히 그 누구도 범가너 선수에게 그 글러브를 빼앗을 수는 없어요. 저희도 놀라서 범가너 선수에게 확인했습니다. 자신이 무엇을 보냈는지 아느냐고요. 범가너 선수는 웃었습니다. 그리고 이렇게 말했습니다. 이 글러브가 어울리는 사람은 자신이 아니라 한정훈 선수라고요."

"아……."

한정훈은 순간 말문이 막혔다.

정말로 에디슨 범가너가 자신에게 글러브를 선물하려 했다니.

눈으로 보고 귀로 듣고 있는데도 이 상황이 믿기지가 않았다.

"한 번 끼워보시겠습니까?"

자이언츠 팀장이 넌지시 권했다.

잠시 머뭇거리던 한정훈도 글러브를 들어 왼손에 끼워 넣었다. 그런데 왠지 글러브가 잘 들어가지 않았다.

그러자 자이언츠 팀장이 애써 웃음을 삼키며 이유를 설명해 주었다.

"한정훈 선수, 그 글러브는 왼손 투수용입니다."

"아……."

한정훈은 그제야 글러브가 제대로 보였다.

클레이튼 커서와 함께 메이저리그 최고의 좌완 투수로 평가받는 에디슨 범가너.

그의 글러브가 오른손 투수인 자신에게 맞을 리가 없었다.

"이 선물, 못 받겠네요."

한정훈이 글러브를 다시 제자리에 내려놓았다.

자신을 원하는 에디슨 범가너의 마음은 더없이 고마웠지만 그렇다고 그가 자이언츠에서 받은 팬들의 사랑과 존경을 이런 식으로 갈취할 수는 없다고 여겼다.

"그럴 줄 알았습니다."

자이언츠 팀장이 애써 웃어 보였다.

혹시나 하는 마음에 일단 가져오긴 했지만 그 역시도 팬들의 사랑이 담긴 범가너 글러브를 다른 누군가에게 선물한다는 사실에 마음이 쓰이던 차였다.

"그럼 이제 이야기를 시작해 볼까요?"

옆에서 그 모습을 지켜보고 있던 박찬영 대표가 재빨리 분위기를 환기시켰다.

그렇게 자이언츠와 베이스 볼 61 간의 협상은 밤늦게까지 이어졌다.

하지만 애석하게도 자이언츠 역시 다저스만큼의 감흥을 안겨주지는 못했다.

2

"후우……. 큰일 날 뻔했어."

자이언츠의 협상 내용을 전해 들은 앤디 프리드먼 사장은 가슴을 쓸어내렸다.

지구 라이벌답게 자이언츠가 가만히 당하고만 있지는 않

을 것이라고 예상은 했지만 범가너의 글러브를 내놓다니.

제대로 한 방 먹은 기분이었다.

"범가너도 대단한 것 같습니다. 아무리 그래도 한정훈 선수에게 에이스 자리를 양보할 생각을 다 했으니까요."

협상팀원 중 한 명이 말을 받았다. 범가너의 글러브에는 자이언츠의 영원한 에이스가 되어 달라는 자이언츠 팬들의 마음이 담겨 있었다.

그걸 한정훈에게 선물하려 했다는 건 에디슨 범가너가 자이언츠의 에이스 자리까지 양보할 마음을 먹었다는 소리나 다름없었다.

"확실히 범가너야."

앤디 프리드먼 사장도 그 점을 놀라워했다.

다른 사람도 아닌 에디슨 범가너가 자이언츠를 위해, 자이언츠의 월드 시리즈 우승을 위해 자존심까지 내던졌다.

비록 지구 라이벌 팀의 꼴 보기 싫은 에이스였지만 그 마음만큼은 높이 사고 싶었다.

"만약 커셔였다면 어땠을까요?"

"커셔라면 절대 글러브를 선물하지 않았을 겁니다."

"커셔에겐 그런 글러브도 없죠."

"그렇다고 커셔를 욕할 건 아니라고 봅니다. 메이저리그 최고의 투수가 자신의 자리를 쉽게 내놓는 건 말이 되지 않으니까요."

에디슨 범가너의 이야기가 나오면서 화제는 자연스럽게 다저스의 에이스인 클레이튼 커셔로 번졌다.

그러나 앤디 프리드먼은 팀원들의 말에 그 어떤 동조도 하지 않았다.

어느새 그의 머릿속은 마지막 협상 대상인 양키즈에 대한 생각으로 가득 차 있었다.

최종 협상 전 베이스 볼 61의 사정을 잘 아는 협회 내부 관계자로부터 다저스가 2순위 구단으로 선정됐다는 소식을 전해 들었을 때 앤디 프리드먼 사장의 얼굴은 복잡하게 변했다.

구단 내부적으로 마지노선이라 여겼던 3순위 이내에 들었다는 건 분명 긍정적인 일이었다.

하지만 구단의 전폭적인 지원을 등에 업고 한정훈 전담 협상팀이 공격적으로 나섰음에도 불구하고 다저스보다 평가가 앞선 구단이 나왔다는 사실은 부담스러울 수밖에 없었다.

물론 협회 관계자는 다저스가 리그 적합성 때문에 2순위로 밀려난 것 같다고 말했다.

그러나 앤디 프리드먼 사장은 안도하지 못했다.

1순위 구단이 다른 구단이라면 상관없지만 그 구단이라면 이야기가 달라지기 때문이었다.

원조 악의 축이라 불리며 돈 쓰는 건 메이저리그 최고로 꼽히는 양키즈.

만에 하나 다저스가 넘어야 할 산이 양키즈라면, 앤디 프리드먼 사장도 사활을 걸 수밖에 없었다.

그리고 애석하게도 1순위 평가를 받은 구단은 양키즈였다.

그것이 앤디 프리드먼 사장이 모든 일정을 미루고 급히 한국행 비행기에 오른 가장 큰 이유였다.

다저스가 2순위 구단으로 평가된 순간부터 앤디 프리드먼 사장의 눈에 다른 구단은 들어오지 않았다.

오직 양키즈를 이기기 위한 전략에 몰두했다.

직원들도 돈으로 한정훈의 환심을 사려들 게 뻔한 양키즈를 상대로 이기기 위해 밤을 새워가며 프레젠테이션 준비에 몰두했다.

다행히도 결과는 좋았다.

협회 관계자의 말을 빌리자면 한정훈과 박찬영 대표의 마음이 90퍼센트 이상 다저스 쪽으로 기울었다고 했다.

'양키즈의 랜디 레이빈 사장이나 브라이언 캐시 단장은 지금쯤 똥줄이 타들어 가는 기분이겠지.'

앤디 프리드먼 사장의 입가를 타고 비릿한 웃음이 번졌다.

구단을 통해 두 사람의 움직임을 실시간으로 확인하고 있지만 아직까지 한국행 비행기를 예매했다는 이야기는 없었다.

한정훈을 잡고 싶은 마음이야 굴뚝같겠지만 그렇다고 라

이별 구단인 다저스의 방식을 카피했다는 비웃음을 사고 싶지 않은 모양이었다.

하지만 고작 종이 몇 장과 숫자 몇 개로 한정훈이라는 선수의 마음을 얻을 수 있다고 생각한다면 그건 크나큰 오산이었다.

백 마디 칭찬보다 실력만큼의 연봉을 받길 원하는 메이저리그 선수들과는 달리 한정훈은 아직 한국의 야구 선수였다.

그리고 한국인들은 대체적으로 예의와 과정을 중요시했다.

오랫동안 류현신과 함께하면서 앤디 프리드먼 사장은 물질적인 보상보다 진심을 담은 말 한마디가 더 중요할 수 있다는 사실을 배웠다.

하지만 오만한 양키즈는 아직 그런 사실을 모를 가능성이 높았다.

마이너리그에 한국인 유망주들을 데리고 있는 것만으로는 한정훈을 어찌 대해야 할지 감조차 잡지 못하고 있을 게 뻔했다.

그렇다 보니 양키즈가 어떻게 나올지도 훤히 보였다.

'결국 돈이겠지.'

지난 최종 협상에서 앤디 프리드먼 사장은 다저스가 제안할 수 있는 최고의 조건을 내놓지 않았다.

양키즈가 최종 협상 테이블에 앉아 다저스보다 높은 연봉을 불러댈 가능성까지 고려한 계산이었다.

양키즈가 다저스보다 더 좋은 계약 조건을 제안하더라도 한정훈이 다저스를 선택해 준다면 그보다 더 좋은 일은 없었다.

하지만 만에 하나 한정훈이 양키즈의 제안에 흔들린다면, 앤디 프리드먼 사장도 마지막 카드를 뽑아 들 생각이었다.

그리고 그 카드를 통해 한정훈에게 다저스 유니폼을 입힐 생각이었다.

'우리가 내놓은 최종 협상안이 생각만큼 높지 않다고 방심했다간 큰코다칠 거야.'

앤디 프리드먼 사장의 시선이 책상 위 탁상용 달력으로 향했다.

최종 결정까지 남은 시간은 길어야 나흘.

이 나흘만 무사히 버틸 수 있다면 한정훈 영입전의 승자는 다저스가 될 거라 믿었다.

직원들과의 가벼운 술자리가 끝난 이후에도 앤디 프리드먼 사장은 양키즈의 움직임을 실시간으로 보고받았다.

그리고 랜디 레이빈 사장과 브라이언 캐시 단장이 평소와 다름없이 스케줄을 소화하고 있다는 사실을 거듭 확인하고서야 잠자리에 들었다.

하지만 애석하게도 변수는 앤디 프리드먼 사장이 신경 쓰지 못한 곳에서 일어나고 있었다.

양키즈와의 최종 협상 하루 전.

지이잉. 지이잉.

침대 옆에 올려두었던 한정훈의 핸드폰이 요란스럽게 울렸다.

발신인은 강혁.

"감독님이 무슨 일이시지?"

한정훈이 다급히 핸드폰을 집어 들었다.

퍼펙트게임을 달성해도 피곤한 제자를 생각해 간단한 축하 문자로 대신하는 강혁이 직접 전화를 걸었다는 건 그만한 일이 있다는 의미였다.

아니나 다를까.

─너⋯⋯ 미국에서 무슨 짓을 하고 다니는 거냐?

"예? 뭐가요?"

─아무튼 시간 되면 학교로 좀 와라.

강혁은 그 말만 남기고 전화를 끊었다.

그와 동시에 오늘 하루 푹 쉬려고 했던 한정훈의 입에서 무거운 한숨이 흘러나왔다.

"내 팔자가 그렇지 뭐."

한정훈은 주섬주섬 옷을 챙겨 입었다. 그리고 붕붕이를 끌고 동명고등학교로 향했다.

그런데 동명고등학교에 도착해 주차를 하려는 순간, 강혁으로부터 문자 한 통이 날아들었다.

-재훈이 스포츠 센터로 와라.

"아, 진짜. 빨리 좀 말씀하시지."

한정훈은 투덜거리며 서재훈의 스포츠 센터로 차를 돌렸다.

점심시간이 다 되어서 슬슬 걱정이 됐지만 다행히도 차들이 몰려나오기 전에 서재훈 스포츠 센터로 들어설 수 있었다.

그런데 이번에는 주차장이 말썽이었다.

"뭐야? 누가 여기다 세워놓은 거지?"

서재훈이 한정훈을 위해 별도로 마련해 준 주차 공간에 누군가가 차를 떡 하니 세워놓은 것이다.

입구 쪽에 '한정훈 선수 전용 주차장입니다'라는 안내 문구가 쓰여 있는데도 말이다.

게다가 문제의 차는 붕붕이처럼 날렵한 외관을 자랑하는 외제 차였다.

"삼지창을 보니까 이거 M사 차인데. 재훈이 형이 새로 한 대 뽑았나?"

한정훈은 어쩔 수 없이 그 옆쪽 공간에 차를 세웠다. 그리고 떨떠름한 얼굴로 스포츠 센터의 문을 열었다.

그 순간.

"……!"

한정훈의 눈에 믿기 어려운 광경이 펼쳐졌다.

가장 먼저 눈에 들어온 건 동명고등학교 선수들이었다.

주차할 때 동명고등학교 버스를 봤으니 어느 정도 예상은 했던 그림이었다.

하지만 따로 떨어져서 동명고등학교 선수들을 지도하는 외국인들의 모습은 충격 그 자체였다.

설마하니 저들이 서재훈 스포츠 센터에 있을 것이라고는 전혀 생각지 못했기 때문이다.

'이게…… 뭐야?'

한정훈은 당혹스러운 얼굴로 서재훈을 찾았다.

하지만 어찌 된 일인지 서재훈은 물론이고 강혁도 보이지 않았다.

그러는 사이 외국인 중 한 명이 한정훈을 발견하고는 손을 흔들었다.

"헤이! 정훈! 왜 이제야 온 거야!"

본토 느낌이 물씬 풍기는 영어가 한정훈의 고막을 파고들었다.

뒤이어 선수들과 이야기를 나누던 다른 외국인들도 고개를 돌려 한정훈에게 손을 흔들어 보였다.

그제야 한정훈은 이 대단한 외국인들이 자신을 만나기 위해 한국에 왔다는 사실을 알아챘다.

에릭 지터.

호르에 포사다.

마리아 리베라.

앤디 패티스.

코어 4라 불리며 양키즈 왕조를 이끌었던 전설적인 스타들이 말이다.

궁금함이 가득 담긴 한정훈의 시선이 가장 먼저 호르에 포사다에게 향했다.

다들 낯익은 얼굴이긴 했지만 애석하게도 호르에 포사다를 제외하고는 단 한 번도 만난 적이 없었다.

그러자 호르에 포사다가 어깨를 으쓱거리며 한정훈에게 다가왔다.

"오오!"

"포사다 선수하고 정훈이 형하고 아는 사이인가 봐!"

"야, 조용히 해!"

"와, 시발. 진짜 핵소름이다."

동명고등학교 선수들은 하나같이 숨을 죽이며 그 모습을 지켜보았다.

하지만 선수들의 기대와는 달리 호르에 포사다와 한정훈의 대화는 싱겁게 끝났다.

"정훈, 잘 지냈어?"

"네, 포사다 선수는요?"

"나도 잘 지냈어."

"어쨌든 만나서 반가워요."

한정훈의 영어 실력이 대단치 않다는 사실을 깨달은 호르에 포사다는 구석에 서 있던 늘씬한 여성 통역사를 불렀다.

그리고 한정훈에게 자신들이 온 목적을 설명했다.

"그러니까 계약 때문에 온 게 아니라는 말이죠?"

"네, 포사다 씨와 다른 세 분은 그저 휴가 차원에서 한국을 찾았다가 우연찮게 한정훈 선수의 모교를 방문하게 됐고, 강혁 감독님의 권유로 다시 이곳으로 오게 된 것이라고 합니다."

"그 말을 저더러 믿으라고요?"

"네, 믿어 달라는데요."

"허…….."

한정훈은 그저 헛웃음이 났다.

누가 봐도 발등에 불이 떨어진 양키즈의 부탁으로 코어 4가 한국에 찾아온 게 뻔한데 휴가와 우연이 겹친 거라니.

어디까지 장단을 맞춰줘야 할지 알 수가 없었다.

하지만 서재훈은 부담 가질 필요가 전혀 없다고 말했다.

"짜샤, 그냥 즐겨. 다들 네가 양키즈에 들어오길 바라고 온 건 맞겠지만 저쪽 자존심이라는 것도 있잖아. 안 그래?"

"그런데 형은 저쪽 자존심은 챙겨주면서 저는 전혀 신경

안 써주네요?"

"야, 인마. 저 치들은 손님이고. 그리고 형 선수 생활 할 때도 이렇게 가까이서 이야기한 적은 없단 말이야. 흐흐."

한국 생활을 하며 영어 실력이 퇴화된 상황에서도 서재훈은 손짓 발짓을 섞어가며 코어 4와의 대화를 주도했다.

덕분에 코어 4도 어색함 없이 선수들과 어울릴 수 있었다.

"암튼 눈치 그만 주고 너도 가서 어울려. 너 하나 보려고 몰래 들어왔다는데 네가 싫은 티 팍팍 내면 기분이 어떻겠냐?"

"누가 싫데요? 그냥 놀라서 그런 거죠."

"어쨌든 가서 잘해봐, 인마. 그리고…… 고맙다."

"에이, 전직 메이저리거가 왜 그래요."

"야, 인마. 난 그냥 메이저리거고 저 치들은 다르니까 그러지."

어지간한 일에는 눈 하나 까딱하지 않는 서재훈이지만 양키즈 레전드들 앞에서는 긴장한 얼굴이 역력했다.

그만큼 메이저리그에서 코어 4가 갖는 위상은 상상 그 이상이었다.

그리고 그 대단한 코어 4가 한정훈을 꼬시기 위해 한국까지 왔다는 사실에 묘한 희열을 느꼈다.

그것은 동명고등학교 선수들도 마찬가지였다.

한정훈 덕분에 코어 4로부터 원 포인트 레슨까지 받게 됐다며 가쁜 숨을 몰아쉬었다.

하지만 한정훈은 곧이곧대로 이 상황을 받아들이지 못했다.

저 대단한 선수들이 자신 때문에 한국에 와서 이런 쇼를 펼친다는 건 충분히 고마웠지만 그 마음이 진심일지에 대해서는 의구심이 남았다.

그러나 한 시간이 지나고 두 시간이 지나도 싫은 기색 하나 없이 선수들과 어울리는 코어 4의 모습에 한정훈도 마음이 누그러질 수밖에 없었다.

"아직도 마음이 불편하냐?"

슬그머니 다가온 강혁이 멋쩍은 얼굴로 말했다.

갑작스런 코어 4의 방문에 정신이 하나도 없었지만 돌이켜 생각해 보니 중요한 계약을 앞둔 제자에게 부담을 줬다는 미안함이 든 모양이었다.

"불편하긴요. 솔직히 고맙죠. 저 같은 게 뭐라고요."

한정훈이 덤덤한 얼굴로 말했다.

불편한 마음이 눈곱만큼도 없다면 거짓말이겠지만 자신의 마음을 얻어보겠다고 애쓰는 코어 4의 모습을 계속 지켜보다 보니 이제는 애잔함마저 들었다.

"재훈이도 말했겠지만 부담 갖지 마라. 하지만 그렇다고 해서 저들의 마음을 곡해하지도 마라. 내 말, 무슨 소리인지 알겠지?"

강혁은 그 한마디를 남기고 자리를 비켜주었다.

판단은 한정훈의 몫이지만 코어 4의 입장을 한 번쯤은 더 헤아려 주길 바랐다.

"곡해하진 말아라."

한정훈은 강혁이 남긴 말을 곱씹고 또 곱씹었다.

그러고는 이내 피식 웃고 말았다.

만약 자신이 코어 4의 입장이었다면 뜻을 모아 이렇게 나설 수 있었을까.

솔직히 장담하긴 어려웠다.

게다가 코어 4는 현역 선수가 아니라 은퇴한 선수들이다.

그것도 양키즈의 레전드로 칭송받고 있는 선수들이다.

그들이 바쁜 시간을 쪼개어 한국에 온 건 단순히 양키즈 구단의 부탁 때문만은 아닐 것이다.

"나 때문에 벌어진 일인데 어쩔 수 없지."

한정훈은 이내 떨떠름한 감정들을 털어냈다. 그리고 홀가분한 표정으로 선수들에게 다가갔다.

"한정훈 선배님 오신다."

누군가의 한마디에 동명고등학교 선수들의 시선이 동시에 한정훈에게 향했다.

바로 코앞에 메이저리그 레전드들이 서 있었지만 그래도 이 시점에서 가장 존경하고 가장 닮고 싶은 건 역시나 한정훈뿐이었다.

"나 신경 쓰지 말고 하나라도 더 배워. 이 선수들이 얼마나 대단한 선수인 줄 알지?"

한정훈이 가볍게 손사래를 쳤다.

이유야 어쨌든 동명고등학교 선수들은 평생 잊지 못할 순간을 즐기고 있었다.

제아무리 선배라 하더라도 그 즐거움을 빼앗고 싶지 않았다.

"정훈! 그렇지 않아도 연습 도와줄 사람이 필요했는데 이쪽으로 오라고!"

호르에 포사다가 기다렸다는 듯이 한정훈을 데려가려 했다.

그러자 앤디 패티스가 헛소리 말라며 소리쳤다.

"네가 가르칠 선수는 네 명뿐이잖아. 그런데 무슨 도움이 필요하다는 거야?"

"시끄러워! 블로킹 시범을 보이려면 누군가는 공을 던져 줘야 한다고!"

"블로킹? 푸흡. 네가? 살이 쪄서 프로텍터를 새로 맞춰야 했던 네가?"

"그러는 너는 거울 안 보냐? 지금 그 몸으로 마운드에 서 보시지? 80mile/h이나 나올 거 같냐?"

앤디 패티스와 호르에 포사다가 언제나처럼 으르렁거렸다.

처음에는 당황해하던 동명고등학교 선수들도 통역이 중간 중간에 상황을 설명해 주자 하나같이 웃음을 감추지 못했다.

"이봐! 통역 아가씨! 그런 건 통역하지 말라니깐."

"괜히 통역 아가씨한테 시비 걸지 말고 한정훈 괴롭힐 생각 마. 저 몸이 얼마짜리인 줄 알기나 하는 거야?"

앤디 패티스의 한마디에 마리아 리베라는 물론이고 에릭 지터까지 고개를 끄덕였다.

은퇴한 자신들은 상관없지만 한정훈은 메이저리그 역대 최고 계약을 눈앞에 둔 현역 투수였다.

그리고 어쩌면 핀 스트라이프를 입고 양키즈 왕조를 열어 줄 뉴 코어 4의 핵심이 될지도 모르는 선수였다.

한정훈이 괜히 훈련에 참여했다가 잔부상이라도 입는다면 그건 양키즈의 손해이고 나아가 야구계의 손해나 다름없었다.

"정훈! 고마우면 저녁에 술 한잔 사. 그건 괜찮지?"

코어 4를 대표해 앤디 패티스가 한정훈에게 제안했다.

한정훈의 몸은 둘째 치고 인기로 한정훈을 이길 자신은 없었다.

그러느니 차라리 한정훈을 쉬게 내버려 두는 편이 나을 것 같았다.

"알았어요. 그리고 다들 고마워요."

통역의 말을 전해 들은 한정훈이 가볍게 웃으며 고개를 끄덕거렸다.

자신은 언제든 선수들과 만날 기회가 있지만 코어 4는 달랐다.

언제 다시 한국에 와서 한국의 어린 선수들을 지도할 기회가 생길지 장담하기 어려웠다.

"형은 이쪽에서 지켜볼 테니까 다들 열심히 배워라. 모르는 게 있으면 알 때까지 물어보고. 알았지?"

"넵! 선배님!"

한정훈의 배려 속에 코어 4와 동명고등학교 선수들 간의 훈련은 밤늦게까지 계속됐다.

그리고 거의 자정이 되어서야 한정훈과 코어 4는 별도의 자리를 가질 수 있었다.

"알고는 있겠지만 소개는 하는 게 예의니까."

한정훈과 친분이 있는 포르에 호사다가 나서서 한정훈과 나머지 코어 4 멤버들을 소개했다.

"한정훈, 이 녀석이 나에 대해서 이상한 말 지껄인 건 아니지?"

앤디 패티스는 평소처럼 장난스럽게 한정훈을 반겼다.

그 속에는 한시라도 빨리 호르에 포사다보다 한정훈과 친해지고픈 욕심이 가득 깔려 있었다.

"반갑다, 한정훈. 정말 만나고 싶었어."

마리아 리베라도 하얀 이를 드러내며 웃었다.

메이저리그 최고의 클로저답게 앤디 패티스만큼 감정 표현을 즐기지는 않았지만 한정훈을 향한 따뜻한 시선 속에는 마리아 리베라의 진심이 가득 담겨 있었다.

"찬오에게 이야기 많이 들었어."

에릭 지터는 박찬오 이야기를 꺼내며 한정훈의 호감을 이끌어내려 애썼다.

애석하게도 앤디 패티스가 '박찬오하고 통화 몇 번 한 거 가지고 잘난 척하지 마'라며 핀잔을 줬지만 한정훈은 스승인 박찬오와 친분이 있다는 그 사실만으로도 에릭 지터가 더 가깝게 느껴졌다.

"일단 간단하게 식사부터 하자고."

"그러자. 배고파 죽는 줄 알았어."

한정훈의 부탁을 받은 박찬영 대표가 미리 레스토랑을 섭외해 놓은 덕분에 한정훈과 코어 4는 불편함 없이 식사를 즐길 수 있었다.

식사가 끝난 다음에는 간단하게 와인 타임이 이어졌다.

술이 들어가자 선수들은 습관처럼 야구에 대한 이야기들을 꺼내놓기 시작했다.

"정훈, 최근에 104mile/h을 던지는 거 말이야. 어깨에 무리가 가거나 하지 않아?"

중구난방 이어지던 이야기가 듣기 지루했던지 앤디 패티스가 화제를 한정훈 쪽으로 몰고 갔다.

자연스럽게 코어 4의 시선이 한정훈에게 향했다.

"네, 아직까지는 괜찮은데요."

한정훈이 대수롭지 않게 고개를 끄덕거렸다.

서재훈이 방송을 통해 밝히기도 했지만 구속 상승은 갑작스럽게 이루어진 게 아니었다.

매해 조금씩 끌어올린 구속을 올림픽 때 선보였던 것뿐이었다.

"그렇다면 다행이야. 하지만 메이저리그에 가서도 굳이 빠른 공으로 타자들과 승부할 필요는 없어."

말이 나온 김에 앤디 패티스는 자신의 경험담을 오래도록 들려주었다.

중간중간에 너무 장황하다며 호르에 포사다와 에릭 지터의 핀잔이 이어졌지만 한정훈은 귀를 쫑긋 세우고 앤디 패티스의 말을 놓치지 않으려 노력했다.

앤디 패티스는 메이저리그에서 18시즌을 뛰면서 통산 256승을 거둔 최고의 좌완 투수 중 한 명이었다.

그런 대투수의 노하우를 바로 곁에서 전해 듣는다는 건 결코 쉽게 얻을 수 있는 기회가 아니었다.

앤디 패티스는 한정훈의 최고 장점을 빠른 볼보다 강심장으로 꼽았다.

평범한 투수는 가지지 못하는, 오직 최고의 투수 계보를 이을 자격이 주어진 에이스급 투수들만 타고난다는 그 강인

한 DNA가 한정훈에게도 있다며 흥분을 감추지 못했다.

"확실히 한정훈은 침착해. 쉽게 동요하는 법이 없어."

마리아 리베라도 앤디 패티스의 의견에 적극 동조했다.

한정훈의 장점은 손으로 꼽을 수 없을 만큼 많았지만 마무리투수로서 늘 압박감 속에 마운드에 올라왔던 마리아 리베라에게는 한정훈 특유의 고요함이 최고의 장점처럼 느껴졌다.

"한정훈은 타자들과 싸우는 법을 알고 있어. 그건 포수의 사인만 믿고 던지는 것과는 차원이 다른 일이라고."

잠자코 있던 에릭 지터도 한마디 거들었다.

여러 말할 필요 없이 수많은 데이터와 성적이 한정훈을 메이저리그에서도 최고의 투수가 될 재목이라고 평가하고 있었다.

하지만 에릭 지터는 그런 데이터들보다 한정훈 자체가 싸움꾼이라고 말했다.

"하긴, 가끔씩 포수가 요구하는 그 이상의 공을 던질 때마다 등골이 곤두선다니까."

호르에 포사다가 마치 한정훈의 전담 포수라도 되는 것처럼 너스레를 떨어댔다.

농담이 아니라 한정훈의 경기 영상을 되돌리다 보면 호르에 포사다조차 놀라게 만드는 공이 심심치 않게 포수 미트를 향해 날아들었다.

포수가 단순히 몸 쪽으로 꽉 찬 공을 요구했다면 한정훈은 다음 공과 타자의 대처 등을 고려해 구속과 무브먼트를 조절했다.

그리고 그 하나의 공을 통해 포수의 리드를 더욱 편하게 만들어주었다.

모르는 이들은 한정훈이 포수의 미트만 보고 던진다고들 하지만 실제 경기 영상을 면밀히 살펴보면 상황은 정반대였다.

한정훈이 뛰어난 구위와 커맨드로 포수가 원하는 것, 그 이상의 공을 던져 주기 때문에 포수도 조금 더 단호하고 과감한 리드를 할 수 있는 것이다.

"한정훈은 말야……."

"그것도 대단하지만……."

와인 병이 진즉 바닥났지만 코어 4는 쉬지 않고 한정훈에 대한 이야기를 늘어놓았다.

한정훈에 대한 칭찬은 기본이고 자신만 느꼈던 특별한 감상이나 기대, 그리고 우려까지 망설이지 않고 털어놓았다.

한정훈이 코앞에 앉아 있는데도 말이다.

한정훈도 조용히 그들의 대화를 경청했다.

때론 웃고 때론 고개를 끄덕이며 그들과 함께했지만 굳이 입을 열지는 않았다.

코어 4가 쏟아내는 수많은 이야기 속에서 야구 선수 한정훈을 걱정하고 응원하는 그들의 진심이 느껴졌기 때문이다.

'정말이구나. 정말로 나를 좋아해 주고 있구나.'

한정훈은 괜히 코끝이 찡해졌다.

와인을 마시기 전 호르에 포사다는 설사 한정훈이 핀 스트라이프를 입지 않더라도 메이저리그를 앞서 경험했던 선배로서 한정훈을 끝까지 지지하고 응원하겠다고 말했다.

그리고 그 말에 앤디 패티스와 에릭 지터, 마리아 리베라까지 고개를 끄덕였다.

소속 구단을 떠나 한정훈을 메이저리그의 새로운 시대를 이끌 리더로 평가한 것이다.

처음 그 말을 들었을 때 한정훈은 괜히 얼굴이 화끈거렸다.

분위기가 좋아서 호르에 포사다가 자신을 추켜세워 주는 것이라고만 여겼다.

그러나 코어 4는 한정훈의 환심을 사기 위해 낯간지러운 말들을 쏟아 낸 게 아니었다.

"많은 돈을 받는 걸 부담스럽게 생각하지 마. 대신 그 돈의 무게를 잊지 마. 네 연봉은 구단이 주겠지만 그 돈의 시삭은 팬들로부터 나오는 거야. 넌 팬들에게 돈을 받았어. 네 연봉만큼 많은 팬이 널 응원하고 지지하는 거라고. 그러니 마운드에 설 때면 그 팬들을 생각해. 알았지?"

"메이저리그는 세계 긱고의 선수들이 경쟁하는 곳이야.

경쟁을 하다 보면 싸움은 피할 수 없어. 그 속에는 불행히도 인종차별도 포함되어 있어. 만약 네가 평범한 투수였다면 나는 인종차별을 무시하라고 말해줬을 거야. 하지만 너라면, 당당히 맞서. 그런 사람들에게 화를 내고 꾸짖어. 그래야 바뀌어. 메이저리그는 실력이 곧 힘이고 명예니까."

"아무리 힘든 일이 있더라도 약물과 도박은 피하는 게 좋아. 가벼운 도박은 상관없겠지만 경기에 지장을 줄 정도는 안 돼. 그리고 약물은…… 절대 하지 마. 나는 네가 쌓아올릴 위대한 커리어가 약물로 더럽혀지는 걸 원치 않으니까."

"영어를 못한다고 선수들과의 대화를 두려워하지 마. 내가 아는 동양인 선수는 대부분 젊잖아. 하지만 그래서 손해를 보지. 한정훈, 너는 어느 구단에 가더라도 에이스가 되어야 해. 그리고 에이스가 되려면 동료들의 절대적인 신뢰를 받아야 한다고. 그 신뢰라는 걸 공 좀 잘 던진다고 얻을 수 있다고 생각하진 마. 메이저리그야. 세계에서 야구 좀 한다는 이들이 모인 곳이라고. 그러니 어떤 상황에서라도 네 의사 표현은 확실하게 하는 게 좋아."

술기운이 더해지면서 코어 4는 쉴 새 없이 조언들을 쏟아냈다.

하나같이 메이저리그에 가서 시행착오를 겪은 이들만이 해줄 수 있는 이야기들이었다.

'다들 고마워요. 진심으로.'

한정훈은 목 밖으로 튀어나오려는 말을 애써 되삼켰다.

대신 다저스가 걸어놓았던 빗장을 다시 열어젖혔다.

그것이 자신을 위해 먼 길 달려온 코어 4를 위한 최소한의 도리라고 생각했다.

다음 날 아침.

만취 상태로 호텔에 실려(?) 간 코어 4를 뒤로한 채 한정훈은 양키즈와의 최종 협상장으로 향했다.

"피곤하시면 무리하지 않으셔도 됩니다."

술에 전 한정훈을 보며 박찬영 대표가 걱정스럽게 말했다.

하지만 한정훈은 가볍게 고개를 저었다.

코어 4로부터 받은 게 많은데 고작 피곤하다는 이유로 양키즈를 괄시하고 싶진 않았다.

다행히 양키즈 협상팀도 한정훈의 입에서 술 냄새가 나는 걸 탓하지 않았다.

오히려 다들 안도하는 분위기였다.

내심 코어 4가 싫다는 한정훈을 억지로 붙들고 있었으면 어쩌나 걱정했는데 그런 분위기는 아니라고 여긴 것이다.

"혹시 몰라서 준비했는데, 좀 드셔 보시겠어요?"

양키즈 여직원 하나가 토마토 주스 같은 걸 한정훈 앞에 내밀었다.

"아, 네. 잘 마실게요."

한정훈은 생각 없이 주스를 들이켰다가 하마터면 헛구역

질할 뻔했다.

주스 속에서 맥주의 맛이 느껴진 탓이었다.

'설마 날 엿 먹이려고 이러는 건 아닐 테고…….'

주스를 한가득 입에 문 채로 고심하던 한정훈이 이내 꿀꺽 꿀꺽 내용물을 삼켜 넘겼다.

토마토와 맥주의 조합은 상상조차 하지 못할 만큼 역했지만 억지로 되삼키고 나니 속은 조금 편해지는 기분이었다.

"괜찮네요."

한정훈이 텅 빈 주스 잔을 앞으로 내놓았다.

그러자 양키즈 협상팀장 카일 브라이언이 웃으며 말했다.

"에릭 지터 선수가 좋아하는 해장 음료입니다. 처음에는 먹기가 쉽지 않을 텐데 잘 드시니 보기 좋네요."

농담이 아니라 카일 브라이언은 한정훈이 달라 보였다.

고작 해장 음료일 뿐이었지만 낯선 음식을 두려워하지 않는 한정훈의 모습을 높이 평가한 것이다.

만약 한정훈이 입에 맞지 않는다고 해장 음료를 거부하거나 뱉어냈다면 협상장 분위기는 어두워졌을지 몰랐다.

그래서 음료를 준비하면서도 협상팀 내부적으로도 무리할 필요는 없다는 의견이 상당했다.

그럼에도 카일 브라이언은 해장 주스를 준비한 직원에게 사인을 주었다.

짓궂은 코어 4와 함께 어울렸다는 건 분명 긍정적인 신호였다.

게다가 양키즈는 한정훈을 곤란하게 만들기 위해 해장 주스를 준비한 게 아니었다.

카일 브라이언은 이 해장 주스를 통해 한정훈이 메이저리그라는 낯선 세계에 어느 정도 적응력을 보여줄지 확인할 수 있다고 여겼다.

그리고 다행히도 결과는 기대 이상이었다.

에릭 지터가 자신만의 비법으로 만든 특제 해장 주스가 입에 맞는 사람은 그리 많지 않았다.

그럼에도 한정훈은 중간에 잠시 당황해했을 뿐 단숨에 주스를 비워냈다.

그것도 너무나 시원시원하게 말이다.

카일 브라이언은 그런 한정훈의 모습 속에서 타인에 대한 배려가 느껴졌다.

그 배려가 벌써부터 양키즈 협상팀의 호감을 끌어내고 있었다.

"혹시 특별히 가리시는 음식은 있으십니까?"

카일 브라이언이 박찬영 대표에게 물었다.

"한국인인 만큼 한식을 좋아하지만 특별히 가리지 않고 잘 드시는 편입니다. 물론 너무 독특한 요리는 무리겠지만요."

박찬영 대표가 웃으며 대답했다.

보통 한정훈 또래의 선수들은 식습관이 정해져서 한식을

고집하는 경우가 많았지만 한정훈은 달랐다.

중식, 양식, 일식은 기본이고 가끔 스톰즈 용병들을 위한 특식에도 관심을 보일 만큼 다양한 음식을 거부감 없이 즐기는 편이었다.

물론 메이저리그 역대 최고 계약 경신이 유력한 한정훈이라면 어느 구단에 가더라도 끼니마다 한식이 마련되어 있을 것이다.

하지만 그렇다고 해서 한정훈이 한식 이외의 음식에는 손도 대지 않을 만큼 까다롭게 굴 것 같진 않았다.

"다행이네요. 선수들이 정말 좋아할 것 같습니다."

카일 브라이언이 만족스러운 표정을 지었다.

메이저리그에서 음식은 또 다른 문화였다.

만에 하나 팀의 에이스로 데려온 한정훈이 특정 음식에 거부감을 보인다면 해당 음식을 즐기는 선수는 자신이 배척당한다고 느낄 수도 있었다.

입에 맞지 않는 음식을 억지로 즐기는 것까진 바라지 않더라도 적어도 편견 없이 같은 음식의 일종으로 받아들여 주는 것.

그게 메이저리그 적응의 첫걸음이었다.

그리고 실제로 메이저리그에서는 음식을 통해 친해지는 선수들이 상당한 편이었다.

그런 점에서 한정훈이 보여준 적응력은 일단 수준급이

었다.

한정훈이 오면 어떤 식단을 마련해야 하나 전전긍긍하던 구단 주방에 지금 당장 알려주고 싶을 정도였다.

'이런 선수라면…… 내년 시즌 월드 시리즈 진출도 불가능한 일은 아니야.'

카일 브라이언은 진심으로 한정훈에게 욕심이 났다.

처음 한정훈의 협상을 일임받았을 때도 한정훈을 다른 구단에 빼앗긴다는 생각은 눈곱만큼도 하지 않았지만 그때는 어디까지나 업무의 연장선이었다.

한정훈이 대단한 선수이고 메이저리그에서도 충분히 통할 선수라는 점은 동의하면서도 과연 기대만큼의, 쏟아 낸 돈만큼의 성적을 내줄지에 대해서는 의문이 남았다.

무엇보다 메이저리그는 경험조차 하지 않은 젊은 선수가 과연 메이저리그의 문화에 무사히 적응할 수 있을지가 걱정이었다.

하지만 양키즈의 숫기 없는 선수들은 근처에도 못 가는 코어 4와 스스럼없이 어울린 것으로도 모자라 해장 주스까지 시원하게 비워낸 모습을 보면서 그 의문이 깨끗이 사라져 버렸다.

어떤 이유로든 한정훈이 메이저리그에서 성공하지 않을 리 없어.

"짐, 서류가 빠졌네요. 그것 좀 주겠어요?"

마음을 굳힌 카일 브라이언이 고개를 돌렸다.

그러자 직원 하나가 서류 가방을 열더니 새로운 계약서를 꺼내어 가져왔다.

"브라이언, 이거 말씀하신 거 맞죠?"

직원이 혹시나 하는 마음으로 카일 브라이언을 바라봤다.

"물론이야."

카일 브라이언이 씩 웃었다.

그러고는 망설임 없이 박찬영 대표에게 계약서를 내밀었다.

"이게 양키즈가 제안하는 새로운 계약입니다. 한 번 읽어 보시죠."

"아, 네. 알겠습니다."

박찬영 대표는 천천히 계약서를 살폈다.

그러다 2차 협상 때보다 훨씬 많은 내용이 달라졌다는 걸 확인하고는 카일 브라이언을 바라봤다.

"변경된 내용이 많네요. 아무래도 함께 검토해야 할 것 같습니다."

"당연히 그렇게 하셔야죠. 이해합니다. 필요하시면 말씀하십시오. 계약서 여분은 충분하니까요."

카일 브라이언의 말이 끝나기가 무섭게 직원 하나가 미리 준비된 복사본을 박찬영 대표 옆에 내려놓았다.

뒤이어 김상엽 팀장이 다가와 복사본을 팀원들과 함께 들어보기 시작했다.

박찬영 대표도 눈을 크게 뜨고 다시 계약서에 얼굴을 묻었다.

그렇게 침묵의 시간이 흘렀다.

"젠장, 불안해 죽겠어."

"브라이언은 어쩌자고 최종안부터 내놓은 거야?"

양키즈 팀원들은 불안함을 감추지 못했다.

본래 협상이란 하나씩 주고받으며 상황을 진전시키는 데 의의가 있었다.

지금처럼 시작부터 전부 내준다면 굳이 협상 테이블을 만들 이유가 없었다.

물론 팀원들도 한정훈을 떠보지 않겠다는 카일 브라이언의 속내를 모르지는 않았다.

자신들이 카일 브라이언의 입장이었다 하더라도 아마 이리저리 재고 따지기보다는 정면 돌파를 시도하려 했을 것이다.

하지만 지켜보는 입장에서는 애가 탔다.

만에 하나라도 한정훈 쪽에서 그 이상을 원한다면 양키즈는 더 내놓을 게 없는 상황이었다.

그러나 정작 카일 브라이언은 느긋하게 침묵의 시간을 즐겼다.

단순히 팀원들이 며칠간 밤새워서 준비한 최고의 계약서를 믿어서가 아니었다.

그보다는 눈앞의 한정훈을 믿었다.

속은 조금 풀렸을지 몰라도 한정훈의 얼굴은 아직까지 벌겋게 달아오른 상태였다.

만약 자기 관리가 철저한 다른 프로 선수였다면 결단코 그 모습을 남에게 보여주려 하지 않았을 것이다.

그럼에도 한정훈은 이 자리에 나왔다. 그리고 확인하고 싶어 했다.

양키즈가 얼마만큼 자신을 원하는지를.

양키즈를 향한 자신의 열망이 옳은지를.

그래서 카일 브라이언도 망설이지 않고 곧바로 최종 계약서를 내놓은 것이다.

'조건은 충분해. 다저스가 다시 협상 테이블을 마련하더라도 이보다 좋은 조건을 제시하긴 어려울 거야.'

카일 브라이언은 흔들림 없는 얼굴로 상황을 관망했다.

김상엽 팀장과 팀원들이 몇 번이고 회의장을 들락거렸지만 눈 하나 까딱하지 않았다.

그저 모든 게 순리대로 풀릴 것이라 여겼다.

그렇게 얼마가 지났을까.

"여기, 내용 정리했습니다."

김상엽 팀장이 최종 정리된 내용을 프린트해서 박찬영 대표에게 가져왔다.

박찬영 대표는 그 내용을 자신이 정리한 내용과 비교했다.

그러고는 이내 고개를 주억거렸다.

"예상보다 훨씬 좋은 조건을 제안해 주셔서 놀랐습니다."

박찬영 대표가 솔직한 심정을 털어놓았다.

양키즈가 다저스를 의식해 2차 협상 때보다 좋은 조건을 내놓을 것이라고 예상은 했지만 카일 브라이언이 내놓은 계약서의 조건은 그 기대치를 훌쩍 뛰어넘어버렸다.

오죽했으면 같은 값, 아니, 양키즈가 조금 더 쓰더라도 다저스라는 기준점을 가지고 있던 박찬영 대표의 결심이 흔들릴 정도였다.

"양키즈가 할 수 있는 최선의 배팅을 했습니다."

카일 브라이언도 솔직하게 대답했다.

순간 팀원들이 당혹스러운 표정을 지었지만 카일 브라이언은 신경 쓰지 않았다.

"혹시 다저스 때문입니까?"

박찬영 대표가 다시 물었다.

기대치를 뛰어넘은 이 몸값이 어쩌면 다저스를 의식한 양키즈의 오버 페이라고 여겼다.

그러자 카일 브라이언이 단호한 목소리로 말했다.

"물론 다저스가 신경 쓰이지 않았다면 거짓말일 겁니다. 하지만 다저스 때문에 그런 조건을 제안한 건 설코 이닙니다."

카일 브라이언의 시선이 자연스럽게 한정훈에게 향했다.

영어로 주고받는 협상 속에서도 한정훈은 취기와 싸우며 꿋꿋이 자리를 지키고 있었다.

카일 브라이언은 그런 한정훈이 너무 마음에 들었다.

그리고 박찬영 대표는 한정훈을 이 정도로 높이 평가해 주는 양키즈가 마음에 들었다.

"일단 잘 알겠습니다. 한정훈 선수와 최종적으로 논의한 이후에 내일까지 결과를 알려드리도록 하겠습니다."

양키즈의 제안을 모두 확인한 박찬영 대표가 자리에서 일어났다.

그러면서 이례적으로 내일까지 결과를 알려주겠다고 말했다.

"좋은 소식 기대하겠습니다."

박찬영 대표의 속내를 알아챈 카일 브라이언이 환하게 웃었다.

그렇게 최종 협상이 마무리됐다.

67장
날 꼬셔봐요(2)

3

한정훈이 호텔에서 눈을 붙이는 사이 박찬영 대표와 김상엽 팀장은 양키즈와 다저스의 계약 조건을 다시 면밀히 뜯어보았다.

그리고 그 결과를 정리해 한정훈의 객실 테이블에 올려놓았다.

"으으. 머리 아파 죽겠네."

한정훈이 정신을 차린 건 저녁 9시가 다 되어서였다.

양키즈와의 협상이 일찍 끝난 덕분에 8시간 넘게 푹 잠을 잤는데도 여전히 몸은 피곤했다.

솔직히 더 자고 싶은 마음이 굴뚝같았지만 묵직해진 방광의 거북함을 더는 참아내기가 어려웠다.

"여기가 어디지?"

한정훈은 비틀거리며 화장실로 들어갔다. 뒤이어 시원한 소변 소리가 방 안의 적막을 깨뜨렸다.

"목말라."

묵직했던 아랫배를 비우자 이번에는 갈증이 치밀었다.

한정훈은 다시 비틀거리며 냉장고를 찾았다. 그 속에서 시원한 냉수를 꺼내 벌컥벌컥 들이켰다.

식도를 얼려 버릴 것 같은 냉기가 위장에 남은 숙취까지 말끔히 씻어낸 후에야 한정훈은 비로소 잠에서 깼다.

더 잠을 자야 할까 살짝 고민했지만 테이블 위에 놓인 낯선 종이를 발견하고는 이내 고개를 흔들었다.

"다들 기다리고 있을 텐데 빨리 마음을 정해야지."

한정훈은 불을 켜고 소파에 앉았다. 그리고 두근거리는 마음으로 박찬영 대표가 내려놓은 최종 제안서를 살폈다.

다저스

계약 기간 5년 – 연봉 총액 3억 2,500만.

1년 차 – 5,500만 달러

2년 차 – 6,000만 달러

3년 차 – 6,500만 달러

4년 차 – 7,000만 달러

5년 차 – 7,500만 달러

인센티브 – 매우 우수

기타 지원 – 매우 우수

다저스의 계약 조건은 이미 한 차례 들은 바 있었다. 하지만 정리된 표로 보니까 느낌이 사뭇 달랐다.

사이닝 보너스(계약금. 5년간 균등 분할 지급)를 포함한 연봉 총액은 3억 2,500만 달러.

연평균 6,500만 달러의 엄청난 계약이었다.

오타니 쇼헤가 연평균 5,000만 달러의 시대를 열었다지만 그건 포스팅 비용을 포함한 금액이었다.

실제 오타니 쇼헤의 계약은 6년 총액 2억 8천만 달러.

추가로 150이닝 이상 필수 투구 조건도 포함되어 있었다.

오타니 쇼헤에 자극을 받은 메이저리그 톱클래스 선수들이 새로운 계약을 요구하는 상황에서 연평균 5천만 달러의 계약은 더 이상 놀라운 일이 아니었다.

하지만 아시아 투수가, 그것도 메이저리그를 경험하지도 못한 신인 선수가 단숨에 6천만 달러 선을 뛰어넘었다는 건 메이저리그 역사에 길이 남을 대단한 사건이나 마찬가지였다.

다저스는 그토록 엄청난 계약을 힌정훈에게 제안했다.

그것도 세금의 상당 부분을 보전해 주겠다는 조건으로 말이다.

게다가 인센티브도 만족스러웠다.

150이닝 이상 투구 시 100만 달러 보너스.

이후 25이닝이 늘어날 때마다 20만 달러 추가 지급.

한정훈이 한국에서 연평균 250이닝을 소화했다는 걸 감안했을 때 220만 달러의 보너스를 기대해 볼 수 있었다.

또한 삼진도 200개 이상 잡아내면 100만 달러 보너스를 받을 수 있었다.

이후 삼진이 1개 늘어날 때마다 2천 달러가 추가됐다.

한국에서처럼 연평균 300개가 넘는 탈삼진을 잡아낼 경우 120만 달러 이상의 보너스를 얻을 수 있었다.

평균 자책점에도 보너스가 걸려 있었다.

평균 자책점 2.00 이하일 경우 100만 달러, 1.50 이하일 경우 200만 달러, 1.00 이하일 경우 500만 달러, 그리고 0.50 이하일 경우 1천만 달러.

평균 자책점이 낮을수록 그만큼 개인 성적은 물론 팀 성적까지 좋아지기 때문에 보너스가 두둑한 편이었다.

이외에도 신인상, 올스타전 출전, MVP, 사이영상, 골든글러브 등 다양한 인센티브 옵션들이 추가가 됐다.

아직 양키즈의 계약 조건을 보진 않았지만 다저스보다 상세하고 꼼꼼한 계약 조건을 내놓은 구단은 없다시피 했다.

이런 점 때문에 한정훈과 박찬영 대표의 마음은 다저스 쪽으로 기울었다. 게다가 다저스가 양키즈에 대비해 마지막 카드를 준비해 놓고 있다는 사실도 기대감을 부풀게 했다.

만약 어제 코어 4를 만나지 않았다면, 그리고 오늘 양키즈와의 협상장을 기분 좋게 나서지 않았다면 한정훈은 아예 양키즈의 조건을 덮어버렸을지 몰랐다.

괜히 봐서 마음이 흔들리느니 다저스와 최종적인 조율을 통해 계약하는 편이 낫다고 여겼을 것이다.

하지만 취기가 사라진 이후에도 양키즈에 대한 미련은 좀처럼 사라지지 않고 있었다.

"후우…….”

길게 한숨을 내쉬며 한정훈이 두 번째 종이를 들췄다.

그리고 그 속에 적혀 있는 계약 조건을 확인하고는 눈을 치떴다.

양키즈
계약 기간 5년 – 연봉 총액 3억 5,000만.

1년 차 – 6,000만 달러

2년 차 – 6,500만 달러

3년 차 – 7,000만 달러

4년 사 7,500만 달러(옵트아웃)

5년 차 – 8,000만 달러(계약 이행 시 500만 달러 보너스 포함)

인센티브 – 매우 우수

기타 지원 – 매우 우수

연봉 총액만 3억 5천만 달러.

다저스보다 무려 2,500만 달러나 높은 금액이 적혀 있었다.

연평균으로 따지면 7,000만 달러였다.

메이저리그 모든 구단으로부터 러브콜을 받긴 했지만 메이저리그 첫 번째 7,000만 달러의 주인공이 될 것이라고는 미처 생각지 못했다.

한정훈의 몸값이 연평균 6천만 달러를 넘어서면서부터 메이저리그 내부에서는 더 이상의 몸값 상승은 막아야 한다는 분위기가 형성됐다.

연봉 5천만 달러의 선수가 나오는 상황에서 최고 선수가 6천만 달러를 받는다는 건 어느 정도 납득이 가지만 7천만 달러의 벽마저 허문다면 가뜩이나 높아지는 선수들의 몸값 인플레이션을 감당하기 어렵기 때문이었다.

그렇다고 실력으로 제 몸값을 끌어올리는 한정훈의 가치를 억지로 떨어뜨릴 수는 없는 노릇.

그래서 메이저리그 구단들은 각종 인센티브 제도를 활용해 한정훈의 몸값 상승 억제분을 대체하려 했다.

실제 한정훈에게 계약서를 제안한 30개 구단 모두 다양한 인센티브 옵션을 통해 한정훈의 아쉬움을 달래주려 노력했다.

그런데 양키즈가 그 보이지 않는 합의를 깨버렸다.

연평균 7천만 달러.

계약 기간이 6년이라면 메이저리그 최초 총액 4억 달러 돌파까지 바라볼 수 있을 만큼 좋은 조건이었다.

게다가 첫 시즌부터 한정훈에게 6천만 달러라는 목돈을 안겨주게 된다.

올 시즌 한정훈을 능가하는 대형 FA가 없는 만큼 한정훈이 메이저리그 최초로 연봉 6천만 달러 시대를 열 가능성이 높았다.

또한 3년 차 때 연봉 7천만 달러, 5년 차 때 연봉 8천만 달러를 받는다는 점도 확실히 매력적이었다.

한정훈의 합류로 인해 메이저리그 슈퍼스타들의 몸값 상승이 불가피한 상황에서 경쟁자들보다 한발 앞서서 7천만 달러, 8천만 달러를 받아낼 가능성이 높아진다는 건 그만큼 의미가 있었다.

돈이 전부는 아니었지만 다저스의 계약 조건과 비교하자면 확실히 양키즈 쪽이 구미가 당겼다.

다저스는 2년 차 때 6천만 달러, 4년 차 때 7천만 달러를 제안했지만 양키즈는 그보다 1년씩 연봉 달성이 빨랐다.

한정훈이 선수로서의 기록뿐만 아니라 연봉에서도 메이저

리그의 역사를 써 나갈 수 있도록 양키즈가 힘을 실어준 것이다.

물론 다저스도 조금 더 좋은 제안을 할 여지는 남겨놓은 상태였다.

하지만 양키즈처럼 연평균 7천만 달러의 돈다발을 안겨줄지는 의문이었다.

아니, 다른 걸 떠나 양키즈처럼 4년 차 때 아무 조건 없이 한정훈이 원하면 풀어주겠다는 옵트아웃 조건은 넣지 못할 것이다.

한정훈을 통해 대대적인 한인 마케팅 계획까지 세워놓은 다저스 입장에서 한정훈의 계약 기간 단축은 쉽게 양보할 수 없는 사안이었다.

"하아, 고민되네."

한정훈이 나직이 중얼거렸다.

타석에 들어서는 불편함까지 감내할 만큼 다저스의 프레젠테이션은 매력적이었다.

아마 메이저리그를 꿈꾸는 선수라면 자신을 위해 열과 성을 다하는 구단의 손짓을 쉽게 뿌리치지 못할 게 틀림없었다.

하지만 메이저리그 최고 대우와 함께 레전드 선수들까지 움직여 한정훈의 자존심을 세워주려 한 양키즈의 노력도 마냥 무시할 수가 없었다.

오히려 조건만 놓고 보자면 군말 없이 양키즈를 선택해야 하는 상황이었다.

비슷한 수준이라면 애당초 마음을 먹었던 다저스의 손을 들어줬겠지만 이 정도 차이라면 실리를 선택하지 않는 게 어리석게 느껴질 정도였다.

"후우……."

고민이 깊어지자 한정훈은 무의식적으로 TV를 켰다.

때마침 TV에서는 한정훈의 메이저리그 진출과 관련한 프로그램의 재방송이 방영되고 있었다.

공교롭게도 한정훈의 행선지를 묻는 질문에 대한 대답은 두 개뿐이었다.

다저스. 그리고 양키즈.

최종 협상 대상자로 꼽힌 나머지 세 구단은 애석하게도 언급조차 되지 않았다.

화면 상단 귀퉁이에는 마치 선거 개표 방송처럼 양키즈와 다저스 간의 팬투표 결과가 펼쳐졌다.

최종 결과인 만큼 팽팽하면 좋겠지만 여론에서 드러난 것처럼 실시간으로 집계된 의견은 다저스 쪽이 65퍼센트로 우위에 있었다.

한정훈은 실시간으로 변하는 투표수에서 눈을 뗐다.

대신 조용히 화면을 응시했다.

방송은 시사 프로그램의 토론 형식을 치용한 듯한 모습이었다.

중간에 캐스터가 사회를 보고 좌우로 눈에 익은 야구 해설 위원들이 패널로 나와 토론을 펼치고 있었다.

"지금으로서는 다저스보다 좋은 대안은 없다고 봅니다."

"상징성이라는 게 있거든요. 아무래도 국민들이 좋아하는 구단에서 뛰는 게 여러모로 낫다고 봅니다."

허구은과 민한기는 여론을 앞세워 한정훈의 다저스행을 주장했다.

한정훈이 대한민국의 대표 선수인 만큼 국민들이 원하고 교포도 많은 구단에 가는 게 낫다는 것이었다.

반면 이용헌과 서재훈은 철저하게 한정훈의 입장에서 이야기를 풀어갔다.

"한정훈 선수가 타격 부담을 안고 메이저리그 생활을 할 필요는 없다고 생각합니다. 아메리칸리그의 팀에 가더라도 타석에 들어서는 건 피하기 어렵겠지만 적어도 내셔널리그 보다 아메리칸리그 팀에 가는 게 메이저리그에 적응하는 데 더 도움이 될 겁니다."

"제 생각도 같습니다. 무엇보다 한정훈 선수가 다저스에 간다고 해서 곧바로 에이스가 되는 게 아닙니다. 다저스에는 클레이튼 커셔가 있죠. 반면 양키즈는 에이스 부재 상태입니다. 다나카 마스히로가 에이스 노릇을 해오곤 있지만 언론을 통해 한정훈이 온다면 당연히 한정훈이 에이스라고 말할 정도니까요. 우리나라 최고의 투수이자 메이저리그 최고 연봉을 받는 선수가 굳이 다저스에 가서 2선발로 밀릴 필요는 없다고 생각합니다."

혹시나 참고할 만한 의견이 있나 싶었지만 양측 패널의 주장은 프로그램 처음부터 끝까지 평행선을 달렸다.

물론 심적으로는 양키즈행을 주장하는 이용헌과 서재훈의 의견에 공감했지만 상당수의 야구팬이 다저스행을 원한다는 게 마음에 걸렸다.

그때였다.

지이잉.

탁자 위에 올려놓았던 핸드폰이 무겁게 흔들렸다.

"박 대표님인가?"

한정훈이 슬쩍 핸드폰을 내려다봤다. 그러다 뜻밖의 발신인을 확인하고는 냉큼 핸드폰을 집어 들었다.

놀랍게도 평소 전화 한 통 먼저 하지 않던 아버지가 메신저로 메시지를 보내왔다.

-인정에 이끌리지 말고 네게 더 도움이 되는 구단으로 가라. 네가 어떤 선택을 하든 나와 네 엄마, 그리고 정아는 널 평생 지지하고 응원할 거다.

현직 변호사답게 아버지는 현실적인 조언을 건넸다

만약 그것뿐이었다면 한정훈도 가볍게 웃고 핸드폰을 내려놓았을 것이다.

하지만 그다음에 이어진 말은 한정훈의 가슴을 뭉클하게 만들었다.

어떤 선택을 하더라도 평생 응원하겠다는 말.

이건 가족이 아니고서는 결코 할 수 없는 말이었다.

"이번에도 내 생각만 하고 있었네."

한정훈은 테이블에 내려놓았던 계약서를 다시 살폈다.

다른 것보다 한정훈의 가족들에 대한 지원 부분을 꼼꼼히 살폈다.

다저스와 양키즈의 지원은 크게 다르지 않았다.

다만 다저스 쪽이 연 1회 더 한정훈의 가족을 위한 비행기 티켓을 제공해 주고 있었다.

LA와 뉴욕의 거리 차이를 감안했을 때 양 구단의 지출은 비슷했다.

그러나 횟수만 놓고 봤을 때 다저스 쪽 제안이 더 좋아 보이는 게 사실이었다.

"대표님, 전데요."

한정훈은 박찬영 대표에게 전화를 넣었다. 그리고 양키즈 쪽에 한 가지를 문의해 줄 것을 요청했다.

그리고 채 10분도 지나지 않아 답이 왔다.

-연 2회 추가 가능하답니다.

문자 메시지를 확인한 한정훈이 피식 웃었다.
비로소 양키즈를 고를 이유가 한 가지 더 생긴 기분이
었다.

68장
뉴욕으로

1

-양키즈로 갈게요.

박찬영 대표의 핸드폰으로 도착한 한정훈의 문자 메시지는 짧았다. 하지만 그 속에 담긴 고민의 무게는 결코 가볍지 않았다.

그래서 박찬영 대표는 한정훈의 결정에 그 어떤 불만도 갖지 않았다.

에이전시의 역할은 선수가 최선의 선택을 하도록 돕는 것이다.

그리고 선수가 어떻게든 결정을 내렸다면, 다시 그 결정을 자신의 결정처럼 받아들이고 그것이 최고의 결과로 이어지도록 선수와 함께 노력해야 했다.

　　"한정훈 선수의 선택은 양키즈입니다."

　　박찬영 대표가 몸을 일으키며 말했다.

　　그러자 잠시 휴식을 취하고 있던 김상엽 팀장과 직원들이 언제 그랬냐는 듯 자리로 돌아와 컴퓨터 앞에 앉았다.

　　"팀장님, 아무래도 돈보다는 가족, 이런 느낌이 좋겠죠?"

　　"아무래도 다저스에 대한 기대감이 있으니까요. 하지만 최고 대우라는 점도 분명히 해야 합니다."

　　"계약 조건은 어떻게 할까요?"

　　"계약서 사인하기 전까지 변동될 부분이 있을지도 모르니까 역대 최고 계약 정도로만 가죠."

　　"알겠습니다."

　　한정훈이 어느 구단을 선택하던 만반의 채비를 갖추고 있었던 김상엽 팀장과 직원들은 곧바로 보도 자료를 다듬었다.

　　그리고 몇 시간 뒤.

　　[한정훈, 양키즈행 유력!]
　　[역대 최고 몸값 갱신! 한정훈! 핀 스트라이프 입는다!]

　　한정훈의 행선지를 알리는 기사들이 쏟아져 나왔다.

ㄴ뭐야? 진짜 양키즈야? 이거 그냥 찌라시지? 그렇지? 제
발 그렇다고 말해줘!

ㄴ말도 안 돼! 왜! 어째서 양키즈인 건데에!

ㄴ하아, 한정훈 바보 멍청이. 다저스 가면 우주 최강 원투
펀치가 탄생하는 건데.

ㄴ정훈아! 현신이 형 불쌍하지도 않냐! 다저스 가서 우승
함 해주지 그랬냐!

ㄴ내 말이. 한정훈. 해도 너무하네. 왜 하필 양키즈야?

기사 초반 댓글은 다저스를 선택하지 않은 것에 대한 불만
으로 가득 채워졌다.

뒤늦게 양키즈를 옹호하던 팬들이 달라붙었지만 그 흐름
만큼은 바꿀 수가 없었다.

ㄴ양키즈가 뭐가 어때서? 남들이 들으면 돈 없는 시골 구
단인 줄 일겠네.

ㄴ양키즈 돈 빼고 뭐가 있는데? 지구 우승도 버거운 주
제에.

ㄴ양키즈 가서 또 소년가장 할 생각인가? 지금 양키즈 전
력으로는 월드 시리즈 우승 장담 못 할 텐데?

ㄴ어지간히 징징거려라. 기사 안 봤냐? 양키즈가 한정훈
가족들 더 챙겨줬다삲아.

┗그 말을 믿냐? 보나 마나 돈 더 준다니까 냉큼 간 거고만.

┗그게 뭐가 어때서? 너 같으면 돈 더 준다는데 싫다고 하겠냐? 어차피 한정훈 정도면 어느 구단에 가더라도 특급 대우야. 그렇다면 당연히 돈 더 주는 팀으로 가야지. 안 그래?

┗한정훈 실수한 거야. 양키즈가 다저스처럼 챙겨줄 거 같아?

┗맞아. 다저스는 앤디 프리드먼 사장까지 왔잖아.

다저스 극성팬들은 앤디 프리드먼 사장이 직접 한국까지 왔다는 사실을 강조하며 돈만 좇는 듯한 한정훈에게 실망감을 드러내기도 했다.

하지만 그것도 잠시.

한정훈의 양키즈행 소식을 전해 들은 에릭 지터가 기다렸다는 듯이 자신의 SNS 계정에 사진을 올리면서 분위기가 반전됐다.

┗야! 대박. 이 사진 진짜냐?

┗헐, 뭐냐? 한정훈이 에릭 지터랑 사진 찍은 거냐?

┗그거 지난번에 한미 올스타전 때 찍은 거 아냐?

┗등신아, 영어 못 읽냐? 이번에 한국 와서 찍은 거라잖아!

┗대박! 그거 에릭 지터만 온 게 아니라는데? 호르에 포사

다하고 마리아 리베라하고 앤디 패티스까지 전부 온 거래!

ㄴ에이, 보나마나 양키즈 팬들이 주작질 한 거겠지. 코어 4가 얼마나 바쁜데 한국에 왔겠냐? 그리고 왔으면 한바탕 난리가 났을 텐데 아무도 모른다는 게 말이 되나?

ㄴ야, 야! 지금 기사 떴다. 코어 4 극비 방한! ㅋㅋㅋㅋ

ㄴ허! 진짜 한정훈 대박이다.

ㄴ진짜다. 진짜가 나타났어!

ㄴ세상에 코어 4를 한국에 오게 하다니. 역시 갓정훈!

에릭 지터에 이어 호르에 포사다가 단체 사진을 올리면서 조작 논란은 깨끗이 사라졌다.

거기에 동명고등학교 선수들까지 뒤늦게 진실 게임에 동참하면서 한정훈에 대한 위상은 더욱 높아져만 갔다.

-감독님께서 한정훈 선배님 결단 내리시기 전까지 절대 비밀 지키라고 해서 참느라 죽는 줄 알았다. 푸하. 이젠 말해도 되겠지. 내 옆에 서 있는 사람. 잘생긴 외국인 아저씨 아니다. 에릭 지터다. 진짜 에릭 지터. 양키즈의 영원한 캡틴! ㅋㅋㅋㅋ 한정훈 선배님 만나러 와서 우리 일일코치 해주고 갔다. 진짜 한정훈 선배님 후배라는 게 정말 자랑스러웠다.

동명고등학교 선수들이 히니들 코어 4와 찍은 사진들과

경험담을 풀어놓자 야구 게시판들이 발칵 뒤집혔다.

일부 팬들은 역시나 조작의 가능성이 있다며 사진을 판독까지 했지만 그 어떤 사진에서도 합성의 흔적은 발견되지 않았다.

오히려 시기적절하게 최일식의 기사가 뜨면서 한정훈이 양키즈를 선택하게 된 정황들이 상세하게 드러났다.

└코어 4가 한정훈을 위해 자발적으로 한국에 왔다고? 레알? 진심?

└와, 이건 진짜 역대급 스토리다. 까놓고 말해서 누가 감히 양키즈의 전설, 코어 4를 오라 가라 하겠냐. 안 그래?

└코어 4 잔머리 굴린 건 또 어떻고? 계약 앞두고 한정훈이 만나주지 않을 거 같으니까 모교 찾아간 거 봐라. 어디 코어 4가 한정훈 눈치 볼 클라스냐?

└그만큼 양키즈가 절실했단 소리네.

└아무래도 그렇겠지. 다저스야 그래도 매년 우승권 전력으로 분류되지만 양키즈는 지난 몇 년간 지구 싸움도 버거웠으니까.

└코어 4까지 나섰으면 양키즈지. 나 같아도 양키즈 가겠다. 막말로 다저스에서 커서가 온 것도 아니잖아. 안 그래?

야구팬들은 한정훈이 단순히 돈만 보고 양키즈를 선택하

지 않았다는 사실에 기뻐했다.

선수 입장에서야 돈보다 더 중요한 건 없지만 한국을 대표하는 한정훈이 대다수 국민이 원하던 다저스가 아닌 양키즈를 선택할 수밖에 없었던 그럴듯한 이유가 있었다는 상황 자체를 반겼다.

덕분에 잠시 부정적이었던 여론은 언제 그랬냐는 것처럼 우호적으로 변했다.

여전히 일부 다저스 극성팬들은 한정훈을 물어뜯지 못해 안달이었지만 그렇다고 해서 달라지는 건 아무것도 없어 보였다.

그리고 며칠 후.

[한정훈, 양키즈 입단 합의!]
[포스팅 비용 포함 5년 총액 3억 8천만 달러! 메이저리그 역대 최고 계약!]

한정훈이 양키즈에 입단한다는 소식이 다시 한 번 각종 포털 사이트 대문을 장식했다.

이미 한 차례 예방 주사를 맞았음에도 불구하고 팬들의 반응은 폭발적이었다.

한정훈이 최고 대우를 받을 거라는 건 알고 있었지만 설마하니 3천만 달러의 포스팅 금액을 포함해 무려 3억 8천만 달러라는 엄청난 대박 계약을 받아낼 줄은 예상하지 못했던 것이다.

ㄴ헐, 대박! 3억 8천만이라고?

ㄴ포스팅 비용 빼도 1년에 7천만 달러!

ㄴ와……. 진짜 양키즈 돈지랄 쩌는구나.

ㄴ돈지랄 같은 소리하네. 한정훈인데 저 정도는 당연한 거지. 안 그랬음 코어 4가 왔겠냐?

ㄴ6천만 달러 선수도 없는 마당에 혼자 7천만 달러 찍은 건 좀 오버 페이 같긴 하다만 뭐 한정훈이니까.

ㄴ이러다 한정훈 첫 시즌 때 부진해서 먹튀 소리 들음 어쩌냐. ㄷㄷㄷ.

ㄴ야, 야구판에 가장 쓰잘데기 없는 걱정이 한정훈 걱정인 거 모르냐? 걱정 마라. 알아서 잘할 테니까.

ㄴ하긴. 야구 좆문가들이 그렇게 이번 시즌이 커리어 하이다, 내년엔 힘들다 해도 매년 커리어 하이를 갱신하고 있으니까.

ㄴ믿는다 한정훈! 다음 계약 땐 4억 달러 갱신해 버려라!

뒤이어 다저스가 5년에 3억 2,500만 달러를 제안했다는 소문이 비공식적으로 퍼지자 다저스에 미련을 갖던 이들마저 고개를 주억거리고 말았다.

100만 달러 차이가 나도 고민스러울 텐데 2,500만 달러라면 양키즈를 가는 게 당연해 보였다.

한편 한정훈의 공식 계약 발표 전까지 숨을 죽이고 있던 메이저리그 팬들은 한정훈의 메이저리그 진출을 환영하면서도 양키즈에 입단했다는 사실에 우려를 감추지 못했다.

ㄴ코리안 쇼크가 잘하는 건 알겠지만 양키즈는 확실히 부담스러울 거야.

ㄴ다저스에 갔다면 클레이튼 커셔의 뒤에서 편하게 던질 수 있었을 텐데.

ㄴ양키즈의 극성스러운 팬들이 걱정이야. 조금만 부진해도 비난을 쏟아 낼 텐데 코리안 쇼크가 과연 감당할 수 있을까?

메이저리그 팬들은 한정훈이 자신이 응원하는 팀은 아니더라도 좋은 성적을 낼 수 있는 구단에 입단하길 바랐다.

그래야 한국에서처럼 한정훈의 멋진 활약상을 즐길 수 있을 것이라고 기대했다.

그런 점에서 봤을 때 양키즈는 솔직히 최선의 선택이라고 보기 어려웠다.

최근 3년간 지구 최하위를 전전했던 양키즈의 성적을 떠나 극성맞은 팬들과 권위적인 언론, 성적 지상주의 구단까지 최악의 삼박자를 고루 갖추고 있었기 때문이다.

하지만 정작 양키즈 언론과 팬들은 한목소리로 한정훈의 입단을 환영했다.

아울러 한정훈이 양키즈의 새로운 황금 세대를 열어줄 것이라며 기대감을 감추지 못했다.

한정훈의 양키즈 입단이 확정된 이후 콕스 TV는 설문조사 란을 개설해 야구팬들의 의견을 수렴했다.

한정훈이 양키즈에 입단한 것에 대한 의견을 묻는 질문에 응답자의 86퍼센트가 잘못된 선택이라고 답했다.

지켜봐야 한다는 의견이 11퍼센트.

최고의 선택이라는 답을 포함한 좋은 선택이라는 의견은 전체의 3퍼센트에도 미치지 못했다.

한정훈의 몸값에 관한 질문에는 응답자의 79퍼센트가 지나치다고 답변했다.

적당했다는 답변은 7퍼센트.

한정훈의 성적에 따라 다르다는 의견이 14퍼센트였다.

한정훈을 영입한 양키즈가 월드 시리즈 우승을 차지할 수 있을까란 질문에 응답자의 98퍼센트가 아니라고 답했다.

한정훈과 하리모토 쇼타를 영입하긴 했지만 코어 4의 은퇴 이후로 몰락의 징후를 보이고 있는 양키즈가 하루아침에 정상에 서긴 불가능하다는 의견이 지배적이었다.

그러면서도 한정훈의 기대 성적에 대해서는 응답자의 77

퍼센트가 18승에서 20승 사이를 이상을 꼽았다.

20승 이상이라고 답변한 응답자는 3퍼센트.

15승에서 18승 사이가 15퍼센트.

15승 미만이 5퍼센트였다.

"흠……."

뉴욕행 비행기 안에서 설문 조사 결과를 확인한 한정훈이 나직이 신음했다.

개인 성적을 제외하고는 전체적으로 우호적인 결과가 아니었다.

특히나 몸값에 관해서는 무서우리만치 부정적이었다.

그러나 박찬영 대표는 설문 조사 결과에 신경 쓸 필요가 없다고 말했다.

"양키즈는 지금 공공의 적이나 마찬가지입니다. 예전에도 그랬지만 우승을 위해 다시 돈을 풀면서 또다시 악의 제국이 됐습니다. 투표 결과 속에도 그런 반감이 크게 작용했다고 생각합니다. 그러니 그냥 웃고 넘기십시오. 실제로 지난 조사 때 한정훈 선수의 몸값으로 6,500만 달러에서 7,000만 달러 사이를 예상한 팬들이 60퍼센트가 넘었으니까요."

한정훈의 행선지가 결정되기 전 콕스 TV가 실시한 설문 조사에 따르면 응답자의 95퍼센트가 한정훈의 몸값이 높더라도 자신이 응원하는 팀에서 영입하길 원한다고 답변했다.

실질적인 연봉을 묻는 질문에서 62퍼센트가 6,500만 달러에서 7,000만 달러 사이를 점쳤다.

6,000만 달러에서 6,500만 달러 사이가 27퍼센트.

6,000만 달러 이하라고 답한 응답자는 고작 1퍼센트에 불과했다.

물론 일각에서는 양키즈가 연평균 7천만 달러의 벽을 허문 것은 지나쳤다는 의견도 적지 않았다.

하지만 양키즈뿐만 아니라 거의 대부분의 구단에서 연평균 6천만 달러 이상의 계약 조건을 제시한 걸 감안했을 때 양키즈가 내놓은 조건이 특별히 과하다고 말하긴 어려운 게 사실이었다.

"그런가요?"

한정훈은 멋쩍게 웃었다.

마음이 다소 무거워지긴 했지만 그렇다고 해서 제 발로 연봉을 낮춰 달라고 요구할 수는 없는 노릇이었다.

그런 한정훈의 옆쪽에서 자꾸 카메라 소리가 울렸다.

진원지는 한정아.

오빠의 복잡한 속내는 생각지도 않은 채 정아는 난생처음 타는 퍼스트 클래스 안에서 셀카를 찍느라 정신이 없었다.

"야, 인마. 그만 좀 해. 그거 민폐라고!"

한정훈이 정아를 바라보며 미간을 찌푸렸다.

그 순간.

철커덕.

정아가 기다렸다는 듯이 카메라 버튼을 눌렀다.

"맨날 잔소리만 하는 오빠라고 올려야지. 흥!"

핸드폰을 한정훈의 코앞으로 들이밀며 정아가 날름 혀를 내밀었다.

핸드폰 화면 속에는 제법 매섭게 눈을 치뜬 한정훈의 모습이 고스란히 담겨 있었다.

"하아, 팀장님. 쟤는 두고 가자고 했잖아요."

한정훈이 질렸다며 고개를 절레절레 흔들어 댔다. 그러자 박찬영 대표가 짓궂게 웃어 보였다.

"양키즈 팬들이 정아 양을 워낙 보고 싶어 해서요. 구단에서도 정아 양이 입단식에 꼭 함께했으면 좋겠다고 몇 번이고 당부했는지 모릅니다."

박찬영 대표의 두둔에 정아가 어깨를 으쓱였다.

농담이 아니라 SNS상에서 정아는 연예인 못지않은 인기를 누리고 있었다.

특히나 한정훈을 좋아하는 팬들은 정아의 SNS를 통해 한정훈과 소통했다.

인터넷과는 담을 쌓은 한정훈을 대신해 정아가 종종 오빠의 소식을 SNS를 통해 전했기 때문이다.

한정훈이 양키즈 입단을 결정했을 때 그 소식을 가장 먼저 전한 건 기자들이 아니라 정아의 SNS였다.

이렇나 힐 설명 없이 '무 무 권! 해냈어!'라는 짤막한 글이

전부였지만 팬들은 한정훈이 양키즈를 선택했다는 사실을 어렵지 않게 눈치챌 수 있었다.

그뿐만이 아니다. 양키즈 입단이 결정된 이후에도 이렇다 할 인터뷰조차 없던 한정훈을 대신해 정아가 양키즈가 선물해 줬던 유니폼을 입고 셀카 사진을 올리면서 전 세계 양키즈 팬들을 다독거렸다.

그렇게 정아가 무뚝뚝한 한정훈을 대신해 팬 관리를 해주니 팬들도 정아를 한정훈만큼이나 좋아하고 있었다.

한정훈도 그런 정아가 내심 고마웠다. 다만 팬들로부터 받는 사랑에 취해 연예인병이라도 걸리지 않을까 걱정했다.

'실제로 연예인이 되겠다고 까불기도 했으니까.'

과거에도 정아는 이맘때쯤 학업 대신 연예계를 선택하겠다고 선언해서 집안을 발칵 뒤집어 놓은 적이 있었다.

다행히도 그때는 집안 분위기상 어림도 없는 일이 되어버렸지만 지금은 달랐다.

정아가 한정훈의 팬들을 등에 업고 다시 한 번 연예계 진출을 꿈꾼다면 이번에는 실현 가능한 일이 될 수도 있었다.

하지만 한정훈은 정아가 가능하다면 평범하게 살길 바랐다.

연예계를 향한 동경만큼이나 재능이 있고 밑바닥부터 시작할 각오가 있다면 또 몰라도 그저 허파에 바람 들 듯 시작하는 건 절대 허락하지 않을 생각이었다.

다행히도 그 점에 대해서는 뒷자리에 앉은 아버지와 어머니도 같은 입장이었다.

특히나 어머니의 입장은 완고했다. 한때 지역 방송 아나운서로 일하며 연예계 생활을 반쯤 접한 탓에 어지간한 각오로는 어머니를 설득시키기 힘들어 보였다.

"한정아. 쓸데없이 SNS할 시간에 공부를 좀 해야 하지 않을까? 내년에 수능을 봐야 한다는 사실을 설마 잊어버린 건 아니지?"

"엄마는! 여기서 왜 또 수능 이야기가 나와?"

"그럼 학생에게 공부 이야기하는 게 당연한 거지. SNS에 올릴 사진 찍겠다고 오빠 괴롭히는 게 당연한 거니?"

"칫. 알았어, 알았다고오."

어머니의 한마디에 정아가 입술을 삐죽거리며 바로 앉았다.

여차하면 퍼스트 클래스 안에서 공부를 해야 할지도 모르는 분위기라 제아무리 정아라 해도 감히 반항을 꿈꾸지 못했다.

"짜식, 진즉 그럴 것이지."

한정훈이 피식 웃었다.

입이 댓 발 나온 정아에게는 미안한 이야기지만 이제야 퍼스트 클래스가 퍼스트 클래스다워진 기분이 들었다.

그러디 볼현듯 양키즈가 제안한 가족 항공 티켓이 궁금해졌다.

"이거 오늘만 제공하는 거죠?"

"어떤 거 말씀이십니까?"

"퍼스트 클래스요. 설마 매번 퍼스트 클래스를 타고 다니는 건 아니죠?"

"한정훈 선수에게는 1년에 최대 6번까지 퍼스트 클래스 왕복 티켓이 지급되는 것으로 알고 있습니다. 그리고 그 이상의 티켓이 필요하신 경우에는 구단 측에서 추가로 50퍼센트의 금액을 지원해 준다고 들었습니다."

"저는 그렇다 치고 가족들은요?"

"가족분들에게도 1년에 4번까지 퍼스트 클래스 왕복 티켓이 지급된다고 합니다. 그리고 마찬가지로 그 이상의 티켓은 구단에서 50퍼센트를 지원해 주고요."

"그런데…… 그렇게 받아도 되는 거예요?"

한정훈이 살짝 걱정스런 표정을 지었다. 가뜩이나 역대 최고 몸값을 받고 있는데 기천만 원이 넘는 퍼스트 클래스 티켓을 이렇게나 많이 받아도 될까 싶었다.

그러자 박찬영 대표가 별걱정을 다 한다며 웃어 보였다.

"비용이 걱정되신 거라면 그런 걱정 안 하셔도 될 겁니다. 제값을 다 준다면야 상당한 비용이겠지만 양키즈가 그럴 리 없지 않겠습니까? 이미 양키즈 구단에서 국내 여러 항공사와 스폰서 계약을 진행 중이라고 하니 아마 다음번부터는 맘

편히 타셔도 될 것 같습니다."

"아하, 그렇군요."

한정훈은 그제야 마음이 놓인다는 표정을 지었다.

하지만 박찬영 대표는 한정훈이 그런 것까지 일일이 신경
쓰지 않기를 바랐다.

"한정훈 선수, 구단에서 한정훈 선수에게 이만큼 해주는
건 그만한 자격이 되기 때문입니다. 그러니까 이런 부분까
지 신경 쓰실 필요는 없습니다. 제 말, 무슨 뜻인지 이해하
시죠?"

양키즈 구단에서 한정훈에게 퍼스트 클래스 티켓을 제공
하는 가장 큰 이유는 한정훈이 그만큼 가치 있는 선수이기
때문이다.

연평균 7천만 달러의 선수를 14시간 동안 불편한 자리에
태워 보냈다가 컨디션이 나빠지거나 부상이라도 당했을 경
우 그 피해는 고스란히 구단이 입을 수밖에 없었다.

한정훈의 가족들에게 신경 쓰는 이유도 마찬가지였다.

미혼의 젊은 선수들의 경우, 가족들과 오래 떨어져 있는
걸 무척이나 힘들어했다.

그리고 그 정서적인 불안함이 경기력 저하로 이어지는 경
우가 많았다.

만약 한정훈의 가족들이 14시간이나 되는 장거리 비행을
삼내하고 뉴욕을 찾아와 한정훈을 응원해 준다면, 그리고 그

응원을 통해 한정훈이 주기적으로 에너지를 충전한다면 그 깟 퍼스트 클래스 비용은 아깝지 않다는 게 양키즈 구단의 판단이었다.

게다가 양키즈가 한정훈에게 제시한 계약은 최대 5년(옵트 아웃 시 4년)이다.

재계약 시 한정훈을 선점하기 위해서라도 미리미리 그의 가족들에게 잘할 필요가 있었다.

박찬영 대표는 메이저리거로서 한정훈이 이런 관계를 자 연스럽게 받아들이고 즐기길 바랐다.

하지만 평생을 한국에서만 살던 한정훈은 아직까지 메이 저리그 스타일이라는 게 낯설기만 했다.

"그런데 입단식은 어떻게 되는지 결정이 났나요?"

괜히 멋쩍어진 한정훈이 슬그머니 화제를 돌렸다. 그러자 박찬영 대표가 살짝 미간을 찌푸렸다.

"그건 아마 힘들 거 같습니다."

"아무래도 그렇겠죠?"

"아무래도가 아니라 불가능합니다. 하리모토 쇼타 선수 역시 대단한 선수이기는 하지만 한정훈 선수와는 급이 다르 니까요. 솔직히 하리모토 쇼타 선수 측에서 그런 말도 안 되 는 제안을 해와서 개인적으로 상당히 불쾌합니다."

하리모토 쇼타의 양키즈 입단은 한정훈의 포스팅 협상이 시작되기도 전에 결정이 됐다.

하지만 아직까지도 공식적인 입단식을 하지 못한 상태였다.

그 점에 대해 하리모토 쇼타 측 에이전트는 유감을 표시하며 한정훈과 합동 입단식을 희망했다.

양키즈 측에서 한정훈을 배려한다는 이유로 하리모토 쇼타를 괄시하고 있다고 여긴 것이다.

실제로 양키즈 구단은 한정훈의 영입에 방해가 될까 봐 하리모토 쇼타의 입단식을 미뤄왔다.

괜히 하리모토 쇼타의 입단식 때문에 한정훈과 박찬영 대표의 심기를 불편하게 만들 필요가 없다고 판단한 것이다.

그러나 막연히 입단식을 기다려야만 하는 하리모토 쇼타 측은 기분이 나쁠 수밖에 없었다.

그래서 하리모토 쇼타의 에이전트가 양키즈로부터 보상을 받기 위해 합동 입단식을 추진하고 나선 것이다.

이 같은 소식이 일본 언론을 통해 한정훈의 귀에도 들어왔다.

하리모토 쇼타 역시 입단식이 늦어진 것에 대해서 기분 나쁘지는 않지만 기왕이면 같이 입단식을 치르는 것도 좋다는 개인적인 의사를 전했다.

하지만 양키즈 구단의 입장은 단호했다. 코어 4까지 동원하며 어렵게 영입한 한정훈의 입단식을 다른 선수와 함께 치를 수는 없다는 것이다.

"저쪽 에이전트가 쇼타 선수를 띄우려고 저러는 모양인데 이건 친분을 떠나 결코 받아들일 수 없는 일입니다. 무엇보다 합동 입단식은 쇼타 선수에게도 독이 될 겁니다. 모두의 관심이 한정훈 선수에게 집중될 게 뻔한데…… 그렇게 되면 쇼타 선수가 들러리가 될 가능성이 높습니다."

말을 하진 않았지만 박찬영 대표는 합동 입단식이 진행될 경우 취재를 온 일본 언론에서 하리모토 쇼타를 돋보이게 만들기 위해 한정훈을 소홀히 할 가능성까지 염두에 두었다.

그래서 하리모토 쇼타의 에이전트가 보낸 협조 요청서를 그 자리에서 분쇄기에 처넣어버렸다.

다행히 양키즈 구단에서 한정훈의 입단식을 하리모토 쇼타의 입단식보다 이틀 앞서 진행하겠다고 정리하면서 합동 입단식은 흐지부지됐지만 박찬영 대표는 앞으로도 같은 아시아 출신이라는 이유로 하리모토 쇼타나 일본 측의 견제가 들어올까 봐 신경이 쓰였다.

그래서 그 부분도 한정훈이 명확한 기준을 가져 주길 바랐다.

"듣고 보니 대표님 말씀이 맞네요."

한정훈도 고개를 주억거렸다.

자신 때문에 하리모토 쇼타가 피해를 본 게 미안하긴 했지만 그렇다고 양키즈 구단과 박찬영 대표가 반대하는 합동 입단식을 고집할 수는 없어 보였다.

"이제 눈 좀 붙이십시오. 기내식이 나오면 깨워드리겠습니다."

"그럼 그래볼까요?"

박찬영 대표의 배려 속에 한정훈이 시트 깊숙이 몸을 눕혔다.

그리고 한정훈과 그의 가족을 태운 비행기는 바다를 건너 뉴욕으로 향했다.

2

뉴욕에 도착한 지 이틀 뒤. 한정훈의 입단식이 성대하게 치러졌다.

양키즈 구단은 한정훈을 보고 싶어 하는 팬들을 위해 양키즈 스타디움에서 입단식을 열었다.

그리고 한정훈이 후원하는 한국 유소년 야구 발전 기금 모금을 위해 입단식을 유료로 진행하겠다는 뜻을 밝혔다.

일부 언론들은 양키즈가 어떻게든 빈 곳간을 채우기 위해 꼼수를 부리려 한다고 비아냥거렸다.

그러나 양키즈 팬들은 구단의 결정을 기꺼이 받아들였다.

그것으로도 모자라 오프 시즌임에도 양키즈 스타디움을 가득 메우며 한정훈과 그를 영입한 양키즈 구단의 결정을 함께 반겼다.

"한정훈 선수에게 이 핀 스트라이프를 입힐 수 있어서 무척이나 감격스럽습니다. 아마 오늘 이 순간을 평생 잊지 못할 것 같습니다."

마이크를 쥔 랜디 레이빈 양키즈 사장은 한정훈에게 핀 스트라이프를 건네며 기쁨을 주체하지 못했다.

양키즈 스타디움을 가득 메운 팬들도 한정훈이 핀 스트라이프를 받아 들자 구장이 떠나가라 함성을 내질렀다.

한정훈도 양키즈 팬들이 모두 볼 수 있도록 자신의 유니폼을 두 손으로 번쩍 추켜들었다.

그 순간.

〈웰컴! 한정훈!〉
〈웰컴! 에이스!〉

폭죽 소리와 함께 큼지막한 전광판 위로 한정훈을 반기는 양키즈 구단과 팬들의 메시지가 새겨졌다.

to be continued